文春文庫

パン屋再襲撃

村上春樹

文藝春秋

パン屋再襲撃　目次

パン屋再襲撃

本文カット　佐々木マキ

パン屋再襲撃

パン屋襲撃の話を妻に聞かせたことが正しい選択であったのかどうか、僕にはいまもって確信が持てない。たぶんそれは正しいとか正しくないとかいう基準では推しはかることのできない問題だったのだろう。つまり世の中には正しい結果をもたらす正しくない選択もあるし、正しくない結果をもたらす正しい選択もあるということだ。このような不条理性——と言って構わないと思う——を回避するには、我々は実際には何ひとつとして選択してはいないのだという立場をとる必要があるし、大体において僕はそんな風に考えて暮している。起ったことはもう起ったことだし、起っていないことはまだ起っていないことなのだ。

そのような立場から物事を考えると、僕は何はともあれとにかく妻にパン屋襲撃のことを話してしまった——ということになる。話してしまったことは話してしまったことだし、そこから生じた事件は既に生じてしまった事件なのだ。そしてもしその事件が人々の目にもし奇妙に映るとすれば、その原因は事件を包含する総体的な状況存在の中に求められて然るべきであろうと僕は考える。しかし僕がどんな風に考えたところで、それで何かが変るというものではない。そういうのはただの考え方に過ぎないのだ。

僕が妻の前でパン屋襲撃の話を持ちだしたのは、ほんのちょっとしたなりゆきからだった。その話を持ちだそうと前もって決めていたわけでもないし、そのときにふと思い出して「そういえば――」という風に話しはじめたわけでもない。僕自身その「パン屋襲撃」という言葉を妻の前で口に出すまで、自分がかつてパン屋を襲撃したことなんてすっかり忘れてしまっていたのだ。

そのとき僕にパン屋襲撃のことを思い出させたのは堪えがたいほどの空腹感であった。時刻は夜中の二時前だった。僕と妻は六時に軽い夕食をとり、九時半にはベッドにもぐりこんで目を閉じたのだが、その時刻にどういうわけか二人とも同時に目を覚ましてしまったのだ。目を覚ましてしばらくすると、『オズの魔法使い』にでてくる竜巻のように空腹感が襲いかかってきた。それは理不尽と言っていいほどの圧倒的な空腹感だった。

しかし冷蔵庫の中には食物という名を冠することのできそうな食物は何ひとつとしてなかった。そこにあるものはフレンチ・ドレッシングと六本の缶ビールとひからびた二個の玉葱《たまねぎ》とバターと脱臭剤だけだった。我々はその二週間ほど前に結婚したばかりで、食生活に関する共同認識というものをまだ明確に確立してはいなかった。我々がその当時確立しなくてはならないものは他に山ほどあったのだ。

その頃僕は法律事務所に勤めており、妻はデザイン・スクールで事務の仕事をしていた。僕は二十八か九のどちらかで（どういうわけか結婚した年をどうしても思いだすことができないのだ）、彼女は僕より二年八ヵ月年下だった。我々の生活はひどく忙しく、立体的な洞窟のようにごたごたと混みいっており、とても予備の食料のことまでは気がまわらなかった。

我々はベッドを出て台所に移り、何をするともなくテーブルをはさんで向いあっていた。もう一度眠りにつくには二人とも腹が減りすぎていたし――体を横にするだけで苦痛なのだ――かといって起きて何かをするにも腹が減りすぎていた。このような強烈な空腹感がどこからどのようにしてやってきたのか、我々には見当もつかなかった。

僕と妻は一縷《いちる》の望みを抱いて交代で冷蔵庫の扉を何度か開いてみたが、何度開けてみてもその内容は変化しなかった。ビールと玉葱とバターとドレッシングと脱臭剤だ。玉葱のバター炒めを作るという手もあったが、二個のひからびた玉葱が我々の空腹を有効に埋めてくれるとも思えなかった。玉葱というのは何かと一緒に口にするべきものであって、それだけで飢えを充たすという種類の食物ではないのだ。

「フレンチ・ドレッシングの脱臭剤炒めは？」と僕は冗談で提案してみたが予想したとおり黙殺された。

「車で外に出て、オールナイトのレストランを探そう」と僕は言った。「国道に出ればきっとそういうのが何かあるよ」

しかし妻はその僕の提案を拒否した。外に出て食事をするのなんて嫌だと彼女は言った。

「夜の十二時を過ぎてから食事をするために外出するなんてどこか間違ってるわ」と彼女は言った。彼女はそういう面ではひどく古風なのだ。

「まあ、そうだな」と僕はひと呼吸置いて言った。

結婚した当初にはありがちなことなのかもしれないが、妻のそのような意見（乃至《ないし》はテーゼ）はある種の啓示のように僕の耳に響いた。彼女にそう言われると、僕には、自分の今抱えている飢餓が国道沿いの終夜レストランで便宜的に充たされるべきではない特殊な飢餓であるように感じられたのだ。

特殊な飢餓とは何か？

僕はそれをひとつの映像としてここに提示することができる。

①僕は小さなボートに乗って静かな洋上に浮かんでいる。②下を見下ろすと、水の中に海底火山の頂上が見える。③海面とその頂上のあいだにはそれほどの距離はないように見えるが、しかし正確なところはわからない。④何故なら水が透明すぎて距離感がつかめないからだ。

終夜レストランになんて行きたくないと妻が言ってから、僕が「まあ、そうだな」と同意するまでの二秒か三秒のあいだに僕の頭に浮かんだイメージはだいたいそのようなものだった。僕はもちろんジグムント・フロイドではないので、そのイメージがいったい何を意味しているかを明確に分析することはできなかったが、それが啓示的な種類のイメージであることだけは直観的に理解できた。だからこそ僕は──空腹が異様なほど強烈なものであったにもかかわらず──食事のために外出はしないという彼女のテーゼ（乃至は声明）に半ば自動的に同意したのだ。

仕方なく我々は缶ビールを開けて飲んだ。玉葱を食べるよりはビールを飲む方がずっとましだったからだ。妻はビールをそれほどは好まなかったので、僕は六本のうちの四本を飲み、彼女が残りの二本を飲むことになった。僕がビールを飲んでいるあいだ、彼女は十一月のリスのようにこまめに台所の棚を探しまわり、袋の底にバター・クッキーが四枚残っていたのをみつけた。それは冷凍ケーキの台を作ったときの残りで、湿ってすっかり柔かくなっていたが、我々はそれを大事に二枚ずつかじった。

しかし残念ながら缶ビールもバター・クッキーも、空から見たシナイ半島のごとき茫漠《ぼうばく》とした我々の空腹には何の痕跡も遺さなかった。それらはみすぼらしい風景の一部のように窓の外を素速く通りすぎていっただけだった。

我々はビールのアルミ缶に印刷された字を読んだり、時計を何度も眺めたり、冷蔵庫の扉に目をやったり、昨日の夕刊のページを繰ったり、テーブルの上にちらばったクッキーのかすを葉書の縁で集めたりした。時間は魚の腹に呑み込まれた鉛のおもりのように暗く鈍重だった。

「こんなにおなかがすいたのってはじめてのことだわ」と妻が言った。「こういうのって結婚したことと何か関係があるのかしら?」

わからない、と僕は言った。あるのかもしれないし、ないのかもしれない。

妻があらたなる食物の断片を求めて台所を探しまわっているあいだ、僕はまたボートから身をのりだして海底火山の頂上を見下ろしていた。ボートを取り囲む海水の透明さは、僕の気持をひどく不安定なものにしていた。みぞおちの奥のあたりにぽっかりと空洞が生じてしまったような気分だった。出口も入口もない、純粋な空洞である。その奇妙な体内の欠落感——不在が実在するという感覚——は高い尖塔のてっぺんに上ったときに感じる恐怖のしびれにどこかしら似ているような気がした。空腹と高所恐怖に相通じるところがあるというのは新しい発見だった。

　かつてこれと同じような経験をしたことがあると僕が思ったのはちょうどそのときだった。僕はあのときも今と同じように腹を減らしていたのだ。あれは——

「パン屋襲撃のときだ」と僕は思わず口に出した。

「パン屋襲撃って何のこと？」とすかさず妻が質問した。

　そのようにしてパン屋襲撃の回想が始まったのだ。

「ずっと昔にパン屋を襲撃したことがあるんだ」と僕は妻に説明した。「それほど大きなパン屋じゃないし、名のあるパン屋でもない。とくに美味《おい》しくもなく、とくに不味《まず》くもない。どこにでもある平凡な町のパン屋だった。商店街のまん中にあって、親父が一人でパンを焼いて売っていた。朝に焼いたぶんが売り切れるとそのまま店を閉めてしまうような小さなパン屋だった」

「どうしてそんなぱっとしないパン屋を選んで襲ったの？」と妻が質問した。

「大きな店を襲ったりする必要がなかったからさ。我々は自分たちの飢えを充たしてくれるだけの量のパンを求めていたんであって、何も金を盗ろうとしていたわけじゃない。

我々は襲撃者であって、強盗ではなかった」

「我々？」と妻は言った。「我々って誰のこと？」

「僕にはその頃相棒がいたんだ」と僕は説明した。「もう十年も前のことだけれどね。我々は二人ともひどい貧乏で、歯磨粉を買うことさえできなかった。もちろん食べものだっていつも不足していた。だからその当時我々は食べものを手に入れるために実にいろんなひどいことをやったものさ。パン屋襲撃もそのうちのひとつで——」

「よくわからないわ」と妻は言って、僕の顔をじっとのぞきこんだ。それはまるで夜明けの空に色褪《あ》せた星の姿を探し求めるような目だった。「どうしてそんなことをしたの？　何故働かなかったの？　少しアルバイトをすればパンを手に入れるくらいのことはできたはずでしょ？　どう考えてもその方が簡単だわ。パン屋を襲ったりするよりはね」

「働きたくなんてなかったからさ」と僕は言った。「それはもう、実にはっきりとしていたんだ」

「でも今はこうしてちゃんと働いているじゃない？」と妻は言った。

僕は肯《うなず》いてからビールをひとくちすすった。そして手首の内側で瞼《まぶた》をこすった。何本かのビールが僕に眠気をもたらそうとしていた。それは淡い泥のように僕の意識にもぐりこみ、空腹とせめぎあっていた。

「時代が変れば空気も変るし、人の考え方も変る」と僕は言った。「でも、もうそろそろ寝ないか？　二人とも朝は早いんだし」

「眠くなんかないし、パン屋襲撃の話を聞きたいわ」と妻は言った。

「つまらない話だよ」と僕は言った。「少くとも君が期待しているような面白い話じゃない。派手なアクションもないしね」

「それで襲撃は成功したの？」

僕はあきらめて新しいビールのプルリングをむしりとった。妻は何かを聞き始めたら、最後まで聞きとおさずにはいられない性格なのだ。

「成功したとも言えるし、成功しなかったとも言える」と僕は言った。「要するに我々はパンを好きなだけ手に入れることができたんだけれど、それは強奪としては成立しなかったんだ。つまり我々がパンを強奪しようとする前に、パン屋の主人が我々にそれをくれたんだ」

「無料《ただ》で？」

「無料《ただ》じゃない。そこがややこしいところなんだ」と僕は言って首を振った。「パン屋の主人はクラシック音楽のマニアで、ちょうどそのとき店でワグナーの序曲集をかけていたんだ。そして彼は我々に、もしそのレコードを最後までじっと聴きとおしてくれるなら店の中のパンを好きなだけ持っていっていいという取引を申し出たんだ。僕と相棒はそれについて二人で話しあった。そしてこういう結論に達したんだ。音楽を聴くくらいまあいいじゃないかってね。それは純粋な意味における労働ではないし、誰を傷つけるわけでもないしね。それで我々は包丁とナイフをボストン・バッグにしまいこみ、椅子に座ってパン屋の主人と一緒に『タンホイザー』と『さまよえるオランダ人』の序曲を聴いたのさ」

「そしてパンを受けとったのね」

「そう。僕と相棒は店にあったパンのあらかたをバッグに放りこんで持ちかえり、四日か五日それを食べつづけた」と僕は言って、またビールをすすった。眠気は海底地震によって生じた無音の波のように僕のボートを鈍く揺さぶっていた。

「もちろんパンを手に入れるという所期の目的は達せられたわけだけれど」と僕はつづけた。「それはどう考えても犯罪と呼べる代物じゃなかった。それはいわば交換だったんだ。我々はワグナーを聴き、そのかわりにパンを手に入れたわけだからね。法律的に見ればば商取引のようなものさ」

「でもワグナーを聴くことは労働ではない」と妻は言った。

「そのとおり」と僕は言った。「もしパン屋の主人がそのとき我々に皿を洗うことやウインドウを磨くことを要求していたら、我々はそれを断乎拒否し、あっさりパンを強奪していただろうね。しかし主人はそんなことは要求せず、ただ単にワグナーのLPを聴きとおすことだけを求めたんだ。それで僕と相棒はひどく混乱してしまった。ワグナーが出てくるなんて、当然のことながら我々はまったく予想しちゃいなかったからね。それはまるで我々にかけられた呪《のろ》いのようなものだった。今にして思えば、我々はそんな提案には耳を貸さず、最初の予定どおりに刃物で奴を脅してパンを単純に強奪しておくべきだったんだ。そうすれば問題は何もなかったはずだった」

「何か問題が起ったの？」

僕はまた手首の内側で瞼をこすった。

「そうだね」と僕は答えた。「でもそれははっきりと目に見える具体的な問題というわけじゃないんだ。ただいろんなことがその事件を境にゆっくりと変化していっただけさ。そして一度変化してしまったものは、もうもとには戻らなかった。結局僕は大学に戻って無事に卒業し、法律事務所で働きながら司法試験の勉強をした。そして君と知りあって結婚した。二度とパン屋を襲ったりはしなくなった」

「それでおしまい？」

「そう、それだけの話だよ」と僕は言ってビールのつづきを飲んだ。それで六本のビールは全部空になった。灰皿の中には六個のプルリングがそげ落ちた半魚人のうろこのように残っていた。

もちろん本当に何も起らなかったというわけではない。はっきりと目に見える具体的なことだっていくつかはちゃんと起ったのだ。しかしそのことについては僕は彼女にしゃべりたくなかった。

「それで、そのあなたの相棒は今どうしているの？」と妻が訊ねた。

「知らないな」と僕は答えた。「そのあとでちょっとしたことがあって、我々は別れたんだ。それ以来一度も会っていないし、今何をしているかもわからない」

妻はしばらく黙っていた。おそらく彼女は僕の口調に何かしら不明瞭な響きを感じとったのだと思う。しかし彼女はその点についてはそれ以上あえて言及しなかった。

「でも、あなたたちがコンビを解消したのはそのパン屋襲撃事件が直接の原因だったのね？」

「たぶんね。その事件から我々が受けたショックというのは見かけよりずっと強烈なものだったと思う。我々はその後何日もパンとワグナーの相関関係について語りあった。果して我々のとった選択が正しかったかどうかってね。でも結論は出なかった。まともに考えれば選択は正しかったはずだった。誰一人として傷つかず、みんなそれぞれにいちおうは満足したわけだからね。パン屋の主人は――何のためにそんなことをしたのかいまだに理解することができないけれど、とにかく――ワグナーのプロパガンダをすることができたし、我々は腹いっぱいパンを食べることができた。にもかかわらず、そこに何か重大な間違いが存在していると我々は感じたんだ。そしてその誤謬《ごびゅう》は原理のわからないままに、我々の生活に暗い影を落とすようになったんだ。僕がさっき呪いという言葉を使ったのはそのせいなんだ。それは疑いの余地なく呪いのようなものだった」

「その呪いはもう消えてしまったのかしら？　あなたがた二人の上から？」

僕は灰皿の中の六個のプルリングを使ってブレスレットほどの大きさのアルミニウムの輪を作った。

「それは僕にもわからないな。世の中にはずいぶん沢山の呪いがあふれているみたいだし、何かまずいことが起ってもそれがどの呪いのせいなのか見きわめることはむずかしいもの」

「いいえ、そんなことはないわ」と妻は僕の目をじっとのぞきこみながら言った。「よく考えればわかることよ。そしてあなたが自分の手でその呪いを解消しない限り、それは虫歯みたいにあなたを死ぬまで苦しめつづけるはずよ。あなたばかりではなく、私をも含めてね」

「君を？」

「だって今では私があなたの相棒なんだもの」と彼女は言った。「たとえば今私たちが感じているこの空腹がそうよ。結婚するまで私はこんなひどい空腹感を味わったことなんてただの一度もなかったわ。こんなのって異常だと思わない？　きっとあなたにかけられた呪いが私まで巻きこんでいるのよ」

僕は肯いて、輪にしたプルリングをまたばらばらにして灰皿の中に戻した。彼女の言っていることが真実なのかどうか、僕にはよくわからなかった。しかしそう言われてみればそうかもしれないという気はした。

しばらく意識の外側に遠のいていた飢餓感がまた戻ってきた。その飢餓は以前にも増して強烈なもので、そのせいで頭の芯がひどく痛んだ。胃の底がひきつると、その震えがクラッチ・ワイヤで頭の中心に伝導されるのだ。僕の体内には様々な複雑な機能が組みこまれているようだった。

僕はまた海底火山に目をやった。海水はさっきよりずっと透明度を増していて、よく注意して見ないことには、そこに水が存在することさえ見落としてしまいそうなほどだった。まるでボートが何の支えもなくぽっかりと空中に浮かんでいるような感じだ。そして底にある小石のひとつひとつまでが、手にとるようにくっきりと見える。

「あなたと一緒に暮すようになってまだ半月くらいしか経ってないけれど、たしかに私はある種の呪いの存在を身辺に感じつづけてきたのよ」と彼女は言った。そして僕の顔をじっと見つめたままテーブルの上で左右の手の指を組んだ。「もちろんそれが呪いだとは、あなたの話を聞くまではわからなかったけれど、今ではそれがはっきりとわかるわ。あなたは呪われているのよ」

「君はその呪いをどのような存在として感じるんだい？」と僕は質問してみた。

「何年も洗濯していないほこりだらけのカーテンが天井から垂れ下っているような気がするのよ」

「それは呪いじゃなくて僕自身なのかもしれないよ」と僕は笑いながら言った。

彼女は笑わなかった。

「そうじゃないわ。そうじゃないことは私にはちゃんとわかるのよ」

「もし君が言うようにそれが呪いだとしたら」と僕は言った。「僕はいったいどうすればいいんだろう？」

「もう一度パン屋を襲うのよ。それも今すぐにね」と彼女は断言した。「それ以外にこの呪いをとく方法はないわ」

「今すぐに?」と僕は聞きかえした。

「ええ、今すぐよ。この空腹感がつづいているあいだにね。果されなかったことを今果すのよ」

「でもこんな真夜中にパン屋が店を開けているものなのかな?」

「探しましょう」と妻は言った。「東京は広い街だもの、きっとどこかに一晩中営業しているパン屋の一軒くらいあるはずよ」


僕と妻は中古のトヨタ・カローラに乗って、午前二時半の東京の街を、パン屋の姿を求めて彷徨《さまよ》った。僕がハンドルを握り、妻は助手席に座って、道路の両側に肉食鳥のような鋭い視線を走らせていた。後部座席にはレミントンのオートマティック式の散弾銃が硬直した細長い魚のような格好で横たわり、妻の羽織ったウィンドブレーカーのポケットでは予備の散弾がじゃらじゃらという乾いた音を立てていた。それからコンパートメントには黒いスキー・マスクがふたつ入っていた。どうして妻が散弾銃を所有したりしていたのか、僕には見当もつかなかった。スキー・マスクにしたってそうだ。僕も彼女もスキーなんて一度もやったことがないのだ。しかしそれについて彼女はいちいち説明はしなかったし、僕も質問しなかった。結婚生活というのは何かしら奇妙なものだという気がしただけだった。

しかしその完璧とも言える装備にもかかわらず、我々は終夜営業のパン屋を一軒たりとも見つけることはできなかった。僕は夜中のすいた道路を代々木から新宿へ、そして四谷、赤坂、青山、広尾、六本木、代官山、渋谷へと車を進めた。深夜の東京には様々な種類の人々や店の姿が見受けられたが、パン屋だけはなかった。彼らは真夜中にパンを焼いたりはしないのだ。

我々は途中で二度警察のパトロール車と出会った。一台は道路のわきにじっと身をひそめており、もう一台は比較的ゆっくりとした速度で背後から我々の車を追い越していった。僕はそのたびにわきの下に汗がにじんだが、妻はそんなものには目もくれず、一心にパン屋の姿を探し求めていた。彼女が体の角度を変えるたびに、ポケットの散弾が枕のそば殻のような音を立てた。

「もうあきらめようぜ」と僕は言った。「こんな夜中にパン屋なんて開いちゃいないよ。こういうことはやはり前もって下調べしてからじゃないと――」

「停めて！」と妻が唐突に言った。

僕はあわてて車のブレーキを踏んだ。

「ここにするわ」と彼女は静かな口調で言った。

僕はハンドルに手を置いてまわりを見まわしてみたが、あたりにはパン屋らしきものは見あたらなかった。道路沿いの商店はみんな黒々としたシャッターを下ろして、ひっそりと静まりかえっていた。床屋の看板がねじれた義眼のように、闇の中に冷ややかに浮かんでいた。二百メートルばかり先の方に、マクドナルド・ハンバーガーの明るい看板が見えるだけだった。

「パン屋なんてないぜ」と僕は言った。

しかし妻は何も言わずにコンパートメントを開けて布製の粘着テープをとりだし、それを手に車を下りた。僕も反対側のドアを開けて外に出た。妻は車の前部にしゃがみこむと、粘着テープを適当な長さに切ってナンバー・プレートに貼りつけ、番号が読みとれないようにした。それから後部にまわって、そちらのプレートも同じように隠した。とても手馴れた手つきだった。僕はぼんやりとつっ立ったまま彼女の作業を見つめていた。

「あのマクドナルドをやることにするわ」と妻は言った。まるで夕食のおかずを告げるときのようなあっさりとしたしゃべり方だった。「マクドナルドはパン屋じゃない」と僕は指摘した。

「パン屋のようなものよ」と妻は言って、車の中に戻った。「妥協というものもある場合には必要なのよ。とにかくマクドナルドの前につけて」

　僕はあきらめて車を二百メートル前に進め、マクドナルドの駐車場に入れた。駐車場には赤いぴかぴかのブルーバードが一台停まっているだけだった。妻は毛布にくるんだ散弾銃を僕にさしだした。

「そんなもの撃ったことないし、撃ちたくないよ」と僕は抗議した。

「撃つ必要はないわ。持っているだけでいいのよ。誰も抵抗しやしないから」と妻は言った。「いい？　私の言うとおりにするのよ。まず二人で堂々と店の中に入っていくの。そして店員が『ようこそマクドナルドへ』と言ったらそれを合図にさっとスキー・マスクをかぶるのよ。わかった？」

「それはわかったけど、でも――」

「そしてあなたは店員に銃をつきつけて、全部の従業員と客を一ヵ所に集めさせるの。それを素速くやるの。あとは私が上手《うま》くやるから任せておいて」

「しかし――」

「ハンバーガーはいくつくらい必要だと思う？」と彼女は僕に訊いた。「三十個もあればいいかしら？」

「たぶん」と僕は言った。そしてため息をついて散弾銃を受けとり、毛布を少しめくってみた。銃は砂袋のように重く、夜の闇のように黒々としていた。

「本当にこうすることが必要なのかな?」と僕は言った。それは半分は彼女に向けられた質問であり、半分は僕自身に向けられた質問だった。

「もちろんよ」と彼女は言った。

「ようこそマクドナルドへ」とマクドナルド帽をかぶったカウンターの女の子がマクドナルド的な微笑を浮かべて僕に言った。僕は深夜のマクドナルドでは女の子は働かないものだと思いこんでいたので、彼女の姿を目にして一瞬頭が混乱したが、それでもすぐに思いなおして、スキー・マスクを頭からすっぽりとかぶった。

カウンターの女の子は突然スキー・マスクをかぶった我々の姿を唖然とした表情で眺めた。

そのような状況についての対応法は〈マクドナルド接客マニュアル〉のどこにも書かれていないのだ。彼女は「ようこそマクドナルドへ」の次をつづけようとしたが、口がこわばって言葉はうまく出てこないようだった。しかしそれでも、営業用の微笑だけは明け方の三日月のように唇の端のあたりに不安定にひっかかっていた。

僕はできるだけ急いで毛布をといて銃をとりだし、それを客席に向けたが、客席には学生風のカップルが一組いるだけで、それもプラスチックのテーブルにうつ伏せになって、ぐっすりと眠っていた。テーブルの上には彼らの頭がふたつとストロベリー・シェイクのカップがふたつ、前衛的なオブジェのように整然と並んでいた。二人は死んだように眠っていたので、彼らを放置しておいたところで我々の作業にとくに支障が生じるとも思えなかった。それで僕は銃口をカウンターの中に向けた。

マクドナルドの従業員は全部で三人だった。カウンターの女の子と、二十代後半と思える血色の悪い卵型の顔をした店長と、表情というものが殆んど感じとれない薄い影のような調理場の学生アルバイトだった。三人はレジスターの前に集まって、インカの井戸を眺める観光客のような目つきで僕の構えた銃口をじっと見つめていた。誰も悲鳴を上げたりしなかったし、誰もつかみかかってはこなかった。銃はひどく重かったので、僕は引き金に指をかけたまま銃身をレジスターの上にのせた。

「金はあげます」と店長がしゃがれた声で言った。「十一時に回収しちゃったからそんなに沢山はないけれど、全部持ってって下さい。保険がかかってるから構いません」

「正面のシャッターを下ろして、看板の電気を消しなさい」と妻は言った。

「待って下さい」と店長は言った。「それは困ります。勝手に店を閉めると私の責任問題になるんです」

妻は同じ命令をもう一度ゆっくりとくりかえした。

「言われたとおりにした方がいい」と僕は忠告した。店長がずいぶん迷っているように見えたからだ。彼はレジスターの上の銃口と妻の顔をしばらく見比べていたが、やがてあきらめて看板の明りを消し、パネルのスイッチを押して正面扉のシャッターを下ろした。どさくさにまぎれて彼が非常警報装置か何かのボタンを押すのではないかと僕はずっと警戒していたが、どうやらマクドナルド・ハンバーガー・チェーン店には非常警報装置は設置されていないようだった。ハンバーガー・ショップが襲撃されるかもしれないなんて誰も思いつかなかったのだろう。

正面のシャッターがバットでバケツを叩いてまわるような大きな音を立てて閉まったあとでも、テーブルのカップルはまだこんこんと眠りつづけていた。僕はそれほどまで深い眠りというものをもう長いあいだ目にしたことがなかった。

「ビッグマックを三十個、テイクアウトで」と妻は言った。

「お金を余分にさしあげますから、どこか別の店で注文して食べてもらえませんか」と店長が言った。「帳簿がすごく面倒になるんです。つまり――」

「言われたとおりにした方がいい」と僕はくりかえした。

三人は連れだって調理場に入り、三十個のビッグマックを作りはじめた。学生アルバイトがハンバーガーを焼き、店長がそれをパンにはさみ、女の子が白い包装紙でくるんだ。そのあいだ誰もひとことも口をきかなかった。僕は大型の冷蔵庫にもたれて、散弾銃の銃口を鉄板《グリドル》の上に向けていた。鉄板の上には茶色い水玉模様のように肉が並び、ちりちりという音を立てていた。肉の焼ける甘い匂いが、まるで目には見えない微小な虫の群のように僕の体じゅうの毛穴からもぐりこみ、血液に混じって体の隅々を巡った。そして最終的には僕の体の中心に生じた飢えの空洞に集結し、そのピンク色の壁面にしっかりとしがみついた。

白い包装紙にくるまれてわきに積みあげられていくハンバーガーをひとつかふたつ手にとってすぐにでも貪り食べたいような気分だったが、そうすることが我々の目的に沿った行為であるという確信が今ひとつ持てなかったので、とにかく三十個のハンバーガーがひとつ残らず焼きあがるまでじっと待つことにした。調理場の中は暑く、僕はスキー・マスクの下で汗をかきはじめていた。

三人はハンバーガーを作りながら、ときどき銃口にちらりと目をやった。僕はときどき左手の小指の先で両方の耳を掻いた。僕は緊張するときまって耳の穴がかゆくなるのだ。僕がスキー・マスクの上から耳の穴を掻くと、銃身が不安定に上下に揺れ、それが三人の気持をいくぶんかき乱しているようだった。銃の安全ロックはかけたままだったから暴発の心配はなかったのだが、三人はそのことは知らなかったし、僕の方もわざわざ教えるつもりはなかった。

三人がハンバーガーを作り、僕が銃口を鉄板《グリドル》に向けて見張っているあいだ、妻は客席をのぞいたり、出来あがったハンバーガーの数を数えたりしていた。彼女は包装紙にくるまれたハンバーガーを紙の手さげ袋にきちんと詰めていった。ひとつの手さげ袋には十五個のビッグマック・ハンバーガーが入った。

「どうしてこんなことをしなくちゃいけないんですか？」と女の子が僕に向って言った。「お金を持って逃げて、それで好きなものを買って食べればいいのに。だいいちビッグマックを三十個食べたって、それがいったい何の役に立つっていうの？」

僕は何も答えずにただ首を横に振った。

「悪いとは思うけれど、パン屋が開いてなかったのよ」と妻がその女の子に説明した。「パン屋が開いていれば、ちゃんとパン屋を襲ったんだけれど」

そんな説明が状況を理解するための何かの手がかりになったとは僕にはとても思えなかったけれど、とにかく彼らはそれ以上口をきかず、黙って肉を焼き、パンにはさみ、それを包装紙にくるんだ。

ふたつの手さげ袋に三十個のビッグマックが収まると、妻は女の子にラージ・カップのコーラをふたつ注文し、そのぶんの金を払った。

「パン以外には何も盗る気はないのよ」と妻は女の子に説明した。女の子は複雑な形に頭を動かした。それは首を振っているようでもあり、肯いているようでもあった。たぶん両方の動作を同時にやろうとしたのだろう。彼女の気持は僕にもなんとなくわかるような気がした。

妻はそれからポケットから荷づくり用の細びきの紐《ひも》をとりだし——彼女は何でも持っているのだ——三人の体をボタンでも縫いつけるみたいに要領よく柱に縛りつけた。三人はもう何を言っても無益だと悟ったらしく、黙ってされるがままになっていた。妻が、「痛くない?」とか「トイレに行きたくない?」とか訊いても彼らはひとことも口をきかなかった。僕は毛布に銃を包み、妻は両手にマクドナルドのマーク入りの手さげ袋を持って、シャッターのすきまから外に出た。客席の二人はそのときになっても、まだ深海魚のようにぐっすりとねむりつづけていた。いったい何がこの二人の深い眠りを破ることになるのだろうと僕はいぶかった。

三十分ばかり車を走らせてから、適当なビルの駐車場に車を停め、我々は心ゆくまでハンバーガーを食べ、コーラを飲んだ。僕は全部で六個のビッグマックを胃の空洞に向けて送りこみ、彼女は四個を食べた。それでも車のバックシートにはまだ二十個のビッグマックが残っていた。夜明けとともに、我々のあの永遠に続くかと思えた深い飢餓も消滅していった。太陽の最初の光がビルの汚れた壁面を藤色に染め、〈ソニー・ベータ・ハイファイ〉の巨大な広告塔を眩《まぶ》しく光らせていた。時折通りすぎていく長距離トラックのタイヤ音に混じって鳥の声が聞こえるようになった。ＦＥＮはカントリー・ミュージックを流していた。我々は二人で一本の煙草を吸った。煙草を吸い終ると、妻は僕の肩にそっと頭をのせた。

「でも、こんなことをする必要が本当にあったんだろうか？」と僕はもう一度彼女に訊ねてみた。

「もちろんよ」と彼女は答えた。それから一度だけ深いため息をついてから、眠った。彼女の体は猫のようにやわらかく、そして軽かった。

一人きりになってしまうと、僕はボートから身をのりだして、海の底をのぞきこんでみたが、そこにはもう海底火山の姿は見えなかった。水面は静かに空の青みを映し、小さな波が風に揺れる絹のパジャマのようにボートの側板をやわらかく叩いているだけだった。

僕はボートの底に身を横たえて目を閉じ、満ち潮が僕をしかるべき場所に運んでいってくれるのを待った。

象の消滅

町の象舎から象が消えてしまったことを、僕は新聞で知った。僕はその日いつもと同じように六時十三分にセットした目覚まし時計のベルで目を覚まし、台所に行ってコーヒーをいれ、トーストを焼き、FM放送のスイッチを入れ、トーストをかじりながら朝刊をテーブルの上に広げた。僕は一ページめから順番に新聞を読んでいく人間なので、その象消滅の記事に行きあたるまでにかなりの時間がかかった。まず第一面に貿易摩擦問題やSDIについての記事があり、国内政治面があり、国際政治面があり、経済面があり、投書ページがあり、読書欄があり、不動産の広告ページがあり、スポーツ・ページがあり、それから地方版のページがやってきた。

象消滅の記事は地方版のトップに載っていた。「——町で象が行方不明」という地方版にしてはかなり大きな見出しがまず目につき、それから「町民のあいだに不安強まる。

管理責任追及の声も」という一段小さな見出しが続いていた。何人かの警官が象のいない象舎を検証している写真も載っていた。象のいない象舎はどことなく不自然だった。必要以上にがらんとして無表情で、それは臓物を抜かれて乾燥された巨大生物のように見えた。

僕はページの上に落ちたパン屑を払い、その記事の一行一行を注意深く読んだ。記事によれば人々が象のいないことに気づいたのは五月十八日（つまり昨日）の午後の二時であった。いつものように象の食料をトラックで運んできた給食会社の人間が（象は町立小学校の小学生たちが残した給食の残飯を主食としていた）象舎がからっぽになっていることを発見したのだ。象の足につながれていた鉄の枷《かせ》は、まるで象がすっぽりと足を抜きとったみたいに鍵のかかったままそこに残されていた。消えたのは象だけではなかった。ずっと象の世話をしていた飼育係の男も象と一緒に姿を消していた。

人々が最後に象と飼育係の姿を見たのはその前日（つまり五月十七日）の夕方の五時すぎだった。五人の小学生たちが象をスケッチするために象舎にやって来て、その時間までクレヨンを使って象の絵を描いていたのだ。その小学生たちが象の最後の目撃者で、その後象の姿を目にしたものはいない——と新聞記事は語っていた。何故なら六時のサイレンが鳴ると、飼育係は象の広場の門を閉めて、人々が中に入れないようにしてしまうからだ。

そのときは象にも飼育係にも何の異常も見受けられなかった、と五人の小学生たちは異口同音に証言していた。象はいつものようにおとなしく広場のまん中に立って、ときどき鼻を左右に振ったり、しわだらけの目を細めたりするだけだった。象はひどく年老いていたので体を動かすのもやっとというありさまだったし、はじめてこの象を見た人は今にも地面に崩れ落ちて息を引きとってしまうのではないかと不安な気持になるくらいだった。

象が町（つまり僕の住んでいる町だ）にひきとられることになったのも、その老齢のためだった。町の郊外にあった小さな動物園が経営難を理由に閉鎖されたとき、動物たちは動物取引仲介業者の手をとおして全国の動物園にひきとられていったのだが、その象だけは年をとりすぎているために、引き受けてをみつけることができなかった。どこの動物園も既に十分なだけの数の象を所有していたし、今にも心臓発作を起して死んでしまいそうなよぼよぼの象をひきとるような物好きで余裕のある動物園なんてひとつもなかったのだ。そんなわけで、その象は仲間の動物たちがみんな一匹残らず姿を消してしまった廃墟の如き動物園に、何をするともなく——といってももともとくに何かをしていたというわけではないのだけれど——三ヵ月か四ヵ月のあいだたった一人で居残りつづけていた。

動物園側としても町としても、これはかなり頭の痛い事態だった。動物園側は既に宅地業者に動物園の跡地を売却していたし、業者はそこに高層マンションを建てるつもりだったし、町はその業者に開発許可を与えていた。象の処理が長びけば長びくほど金利がかさんでいった。かといってまさか象を殺してしまうわけにもいかない。クモザルやコウモリならともかく、象を一頭殺すのは人目につきすぎるし、もし真相が露見すれば大問題になってしまう。そこで三者があつまって協議し、年老いた象の処置についての協定が結ばれることになった。

(1)象は町が町有財産として無料でひきとる。
(2)象を収容する施設は宅地業者が無償で提供する。
(3)飼育係の給与は動物園側が負担する。

これがその三者間に結ばれた協定の内容である。ちょうど一年前の話だ。

僕はその「象問題」にそもそものはじめから個人的な興味を抱いており、象に関する新聞記事は残らずスクラップしていた。象問題を討議する町議会の傍聴にもでかけた。

だから今こうして事の推移をすらすらと正確に説明し述べることができるわけである。話が少々長くなるかもしれないけれど、この「象問題」の処理経過は象消滅とかなり密接な関係があるかもしれないので、あえてここに記述しておく。

町長がこの協定を結び、いよいよ町が象をひきとるということになったとき、議会の野党を中心に（それまで僕は町議会に野党があったなんてまったく知らなかったのだが）反対運動がまきおこった。

「何故町が象をひきとらなくてはならないのか？」と彼らは町長に迫った。彼らの主張をリストにすると（リストが多くて申しわけないが、その方が理解しやすいと思うので）

(1)象問題は動物園と宅地業者という私企業間の問題であり、町が関与する理由は何もない。

(2)管理費・食費等に金がかかりすぎる。

(3)安全問題はどうするのか？

(4)町が自前の象を飼うメリットがいったいどこにあるのか？

ということになる。

「象を飼ったりする前に下水道の整備や消防車の購入等、町の為すべきことは多々あるのではないか?」と彼らは論陣を張り、それほどあけすけな言い方ではないにせよ、町長と業者の間に裏取引があったのではないかという可能性を暗に示した。

これに対して町の言いぶんはこういうものだった。

(1)高層マンション群ができれば町の税収は飛躍的に増大し、象の飼育費など問題ではなくなるし、そのようなプロジェクトに町が関与するのは当然の行為である。
(2)象は高齢であり、食欲もたいしたものではない。人に危害を加えるおそれもまったくといっていいほどない。
(3)もし象が死ねば、象の飼育地として業者から提供された土地は町有財産となる。
(4)象は町のシンボルとなる。

結局長い討議の末に町は象をひきとることになった。古くからの郊外住宅地ということで町民のおおかたは比較的余裕のある生活を送っていたし、町の財政も豊かであった。それに行き場のない象をひきとるという行為に対して人々は好感を持つことができた。

たしかに人は下水道や消防車よりは年老いた象の方に好意を抱くものなのだ。

僕も町が象を飼うことには賛成だった。高層マンション群ができるのはうんざりだけれど、それでも自分の町が象を一頭所有しているというのはなかなか悪くないものである。

山林が切り開かれ、老朽化した小学校の体育館が象舎としてそこに移築された。動物園でずっと象の世話をしていた飼育係がやってきて、そこに住みつくことになった。小学生たちの残した給食の残飯が象の飼料にあてられることになった。そして象は閉鎖された動物園からトレーラーで新居に運ばれ、そこで余生を送ることになった。

象舎の落成式には僕もでかけた。象を前にして町長が演説し（町の発展と文化施設の充実について）、小学生の代表が作文を読み（象さん、元気に長生きして下さい、云々《うんぬん》）、象のスケッチ・コンテストが行われ（その後象のスケッチは町の小学生の美術教育にとっては欠くことのできない重要なレパートリーとなった）、ひらひらとしたワンピースを着た二人の若い女性（とくに美人というほどでもない）が象にバナナを一房ずつ与えた。象は殆んど身動きひとつせずにそのかなり無意味な――少くとも象にとっては完全に無意味だ――儀式にじっと耐え、無意識と言ってもいいくらいの漠然とした目つきのままバナナをむしゃむしゃと食べた。象がバナナを食べてしまうと、人々は拍手をした。

象は右の後脚にがっしりとした重そうな鉄の輪をはめられていた。輪からは十メートルほどの長さの太い鎖がのびて、その先はコンクリートの土台にしっかりと固定されていた。それは見るからに頑丈そうな鉄輪と鎖で、象が百年かけて力を尽したところでそれを破壊することは不可能であるように見えた。

象がその足枷を気にしていたのかどうかは僕にはよくわからない。しかし少くとも表面上、象は自分の足にまきつけられたその鉄塊にはまったく関心を払っていないように見えた。象はいつもぼんやりとした目で、どこかよくわからない空間の一点を眺めていた。風が吹くと耳や白い体毛がふわふわと揺れた。

象の飼育係はやせた小柄な老人だった。正確な年齢はわからない。六十代前半かもしれないし、七十代後半かもしれない。世の中にはある時点を越えると外見を年齢に左右されることをやめてしまう人がいるものだが、彼もそんな一人だった。肌は夏でも冬でも同じように赤黒く日焼けして、髪は固く短かく、目は小さい。これといって特徴のある顔ではないのだが、左右に突きだしたような格好の円形に近い耳だけが、顔全体が小さいぶんだけいやに目についた。

彼は決して無愛想というわけではなく、誰かに話しかけられればきちんとそれに答えたし、物のいいようもしっかりとしていた。そうなろうと思えば——いくぶんのぎごちなさは感じられるにせよ——愛想良くなることもできた。しかし原則としては、彼は無口で孤独そうな老人だった。彼は子供たちのことが好きらしく、子供たちが来るとつとめて親切に振舞おうとしたが、子供たちの方はこの老人に対してあまり気を許そうとはしなかった。

この飼育係に心を許しているのは象だけだった。飼育係は象舎にくっつくように建てられたプレハブの小屋で寝起きし、朝から晩までつきっきりで象の面倒をみていた。象とその飼育係はもう十年以上のつきあいで、両者の関係が親密なものであることはそれぞれのちょっとした動作や目つきを見ればわかった。飼育係がぼんやりと一ヵ所に立ちすくんでいる象をどこかに移動させたいと思うとき、彼は象のわきに立って前足を手でぽんぽんと軽く叩いて何事かを囁きかけるだけでよかった。すると象は大儀そうにのっそりと身を揺らせながら、正確にその指定された場所に移動し、そこに位置を定めるとまた同じように空間の一点を見つめていた。

僕は週末になると象舎に立ち寄ってそのような作業を注意深く観察していたのだが、どういう原理に基いて二人のコミュニケーションが成立しているのかはよく理解できなかった。象は簡単な人語を理解するのかもしれないし（なにしろ長生きしているから）、あるいは足の叩き方で情報を理解するのかもしれない。それともその象にはテレパシーに類する特殊な能力のようなものがあって、それで飼育係の考えていることがわかるのかもしれない。
僕は一度その飼育係の老人に「どのようにして象に命令するのか？」と質問してみたことがある。老人は笑って「長いつきあいですから」と答えただけで、それ以上は何の説明も与えてはくれなかった。

とにかくそのようにして何事もなく一年が過ぎた。そして突然象が消滅してしまったのだ。

僕は二杯目のコーヒーを飲みながら、新聞記事を最初からもう一度じっくりと読みなおしてみた。それは相当に奇妙な記事だった。シャーロック・ホームズがパイプを叩きながら「ワトソン君、見てみたまえ。ここになかなか興味深い記事が載っているよ」と言いだしそうな種類の記事だ。
その記事に奇妙な印象を与えている決定的な要因は、記事を書いた記者の頭を支配していたと想定されるとまどいと混乱だった。とまどいと混乱は、あきらかに状況の不条理性に起因していた。記者はその不条理性を巧妙に回避して「まともな」新聞記事を書こうと力の限りを尽していたが、それがかえって彼自身の混乱ととまどいを致命的な地点にまで推し進めていた。

たとえば記事は「象が脱走した」という表現をとっていたが、記事全体に目を通せば象が脱走なんかしていないことは一目瞭然だった。明らかに象は「消滅」しているのだ。記者はその自己矛盾を「細部にはなおいくつかの不明確な点も残」っていると表現していた。しかし僕にはそれが「細部」とか「不明確」とかいったようなありきたりの用語で片づけられてしまうような種類のものだとはどうしても思えなかった。

まず第一に象の足にはめられていた鉄輪の問題があった。鉄輪は鍵をかけられたままそこに残されていたのだ。いちばん妥当な推論は飼育係が鍵でその鉄輪を象の足から外し、しかるのちにまた鍵だけをかけなおし、象と一緒に逃げたというものであったが(もちろん新聞もその可能性にしがみついていた)、問題は飼育係が鍵を持っていなかったということだった。鍵は二個だけ存在したが、それらは安全確保のためにひとつは警察署の金庫の中に、もうひとつは消防署の金庫の中に収められていたし、飼育係が――あるいは他の誰かが――そこから鍵を盗みだすことなどまず不可能だった。それにたとえ万にひとつそれが可能であったとしても、使用したあとの鍵をわざわざまたもとの金庫に戻す必要なんてまるでないのだ。にもかかわらず、翌朝調べたところ二個の鍵は警察署と消防署の金庫の中にちゃんと収まっていた。とすれば象は鍵を使うことなくその頑丈な鉄輪から足を抜き取ったということになるし、そんなことはのこぎりを使って足を切りとりでもしない限り絶対に不可能だった。

第二の問題は脱出経路だった。象舎と「象の広場」は三メートルほどの高さの頑丈な柵に囲まれている。象の安全管理が議会でとりざたされたことで、町は一頭の老象に対するにはいささか過剰といってもいいほどの警固体制を固めていたのだ。柵はコンクリートと太い鉄棒で作られ（その費用を出したのはもちろん土地会社だ）、入口はひとつしかなく、その入口は内側から鍵で閉ざされたままだった。そんな要塞のような柵を越えて象が外に出られるわけがない。

第三の問題は足あとだった。象舎の背後は急な勾配の丘になっていて象が上れるわけはないから、もし仮りに象が何らかの方法で鉄輪から足を抜きとって、何らかの方法で柵をとび越えることが可能だったとしても、象は正面の道を進んで逃げるしかなかったはずである。ところが道のやわらかい砂地の上には象の足跡らしきものはひとつとして残されてはいなかった。

要するにその困惑と苦し気なレトリックに充ちた新聞記事を綜合してみると、事件の結論というか本質はひとつしか見あたらなかった。つまり象は逃げたのではなく、「消滅した」ということだ。

しかしもちろん、言うまでもないことだが、新聞も警察も町長も象が消滅したという事実を少くとも表面上は絶対に認めようとはしていなかった。警察は「象は巧妙な方法で計画的に強奪されたか、脱出させられた可能性がある」として捜査を進めており、「象を隠蔽することの困難さを考えれば事件の解決は時間の問題であろう」と楽観的な予測を表明していた。そして警察は近郊の猟友会及び自衛隊狙撃部隊に出動を要請し、山狩りをするつもりだった。

町長は記者会見を開き（この記者会見の報道は地方版にではなく全国版の社会面に掲載されていた）、町側の警備体制の不備について謝していた。しかし町長は同時に「象の管理体制は全国のどの動物園のその種の施設に比しても決して劣ったものではなく、基準よりははるかに強固かつ万全なものである」ことを強調し、これは「悪意に充ちた危険かつ無意味な反社会的行為であり、決して許されるべきことではない」と語っていた。

野党の議員グループは一年前と同じように「企業と結託して象処理問題に安易に町民を巻きこんだ町長の政治責任を追及する」と述べていた。

ある母親（37）は「しばらくは安心して子供を外に遊びに出せませんね」と〈不安な面持ちで〉語っていた。

新聞には町が象をひきとることになった詳しい経緯と、象収容施設の見取図が載っていた。象の略歴も書いてあったし、象と一緒に消えてしまった飼育係（渡辺昇・63歳）についての記述もあった。渡辺飼育係は千葉県館山の出身で、長く動物園の哺乳類《ほにゅうるい》飼育係を勤め、「その動物についての知識の豊富さと温厚かつ誠実な人柄とで関係者の信頼は篤かった」とあった。象は二十二年前に東アフリカから送られてきたのだが、正確な年齢は不明であったし、その人柄についてはもっと不明であった。

記事のいちばん最後には、警察は町民からの象についてのあらゆる形の情報を求めているとあった。僕は二杯目のコーヒーを飲みながら、それについてしばらく考えてみたが、やはり警察には電話をかけないことにした。あまり警察とは関りあいになりたくないということもあったし、それに僕が提供する情報を警察が信用してくれるとも思えなかったからだ。象が消滅した可能性さえ真剣に考慮しないような連中に何を話したところで、まあ無駄というものだ。

僕は本棚からスクラップ・ブックを出してきて、新聞から切り抜いた象関係の記事をそこにはさみこんだ。そしてカップと皿を洗い、会社に出かけた。

夜の七時のＮＨＫニュースで、僕は山狩りの様子を見た。麻酔弾をつめた大型ライフル銃を抱えたハンターたちと自衛隊員と警官と消防団員とが近郊の山をかたっぱしからしらみつぶしに捜索し、空には何機かのヘリコプターが舞っていた。山といっても、東京郊外の住宅地近辺の山だからたかが知れている。それだけの人数を集めれば一日であらかた捜索してしまえるし、それに捜し求める相手は小人の殺人鬼ではなく巨大なアフリカ象なのだ。身を隠すことのできる場所はおのずと限られている。しかし夕方になっても象はみつからなかった。ＴＶの画面に出た警察署長は「なおも捜索は続ける」と語っていた。ＴＶのニュース・キャスターは「誰がどのようにして象を脱出させ、どこに隠したのか、そしてその動機は何であったのか？　すべては深い謎に包まれております」としめくくっていた。

それから何日か捜索はつづいたが、結局象はみつからなかったし、当局は手がかりらしい手がかりひとつみつけることができなかった。僕は毎日の新聞報道を丹念に読み、目についた記事をひとつひとつはさみで切りとってスクラップした。象事件を扱った漫画までスクラップした。おかげでスクラップ・ブックはすぐにいっぱいになり、文房具店で新しいスクラップ・ブックを買い求めねばならなかった。しかしそのような厖大な量の記事にもかかわらず、そこには僕の知りたいような種類の事実は何ひとつとして書かれてはいなかった。新聞に書いてあるのは「依然として行方不明」とか、「苦悩の色濃い捜査陣」とか、「背後に秘密組織か」といったような無意味で見当違いなことばかりだった。そして象の消滅から一週間経った頃からはその記事も目に見えて減少し、ついには殆んど目につかないまでになってしまった。週刊誌もいくつか興味本位の記事を載せ、中には霊能者までひっぱりだしたものもあったが、それもやがては尻すぼみに終ってしまった。人々は象の事件を数多くの同僚を有する「解明不能の謎」というカテゴリーの中に押しこもうとしているように見えた。年老いた象が一頭と年老いた飼育係が一人この土地から消滅してしまったところで、社会の趨勢には何の影響もないのだ。地球は単調な回転をつづけ、政治家はさしてあてになりそうもない声明を発表しつづけ、人々はあくびをしながら会社にでかけ、子供たちは受験勉強をつづけていた。寄せては返す果てしない日常の波の中で、行方不明になった一頭の象に対する興味がいつまでもつづくわけはない。そのようにしてこれといって特徴のない何ヵ月かが窓の外を行進していく疲弊した軍隊のように過ぎ去っていった。

僕はときどき暇をみつけてはかつての象舎にまででかけ、象のいなくなった象の住みかを眺めた。鉄柵の入口には太いチェーン錠がぐるぐると巻きつけられ、誰も中に入れないようになっていた。柵のあいだからのぞいてみると、象舎の扉にも同じようにチェーン錠が巻きつけられているのが見えた。警察は象をみつけることができなかった失地を回復するために、象のいなくなったあとの象舎の警備を必要以上に固めているようだった。あたりはがらんとして人影もなく、象舎の屋根の上に鳩の一群が羽を休めているのが目につくだけだった。広場の手入れをするものもなく、そこにはまるでチャンスを待ちかねていたように緑の夏草が生い茂りはじめていた。象舎の扉に巻かれたチェーンは密林の中で朽ち果て廃墟と化した王宮をしっかりと守っている大きな蛇を思わせた。たった数ヵ月の象の不在は、ある種の宿命さえをも思わせる荒廃をその場所にもたらし、雨雲のような重苦しい空気をそこに漂わせていた。

僕が彼女に出会ったのは九月も終りに近づいた頃だった。その日は朝から晩まで雨が降りつづいていた。その季節によく降るような細くてやわらかで単調な雨だった。そんな雨が地表に焼きついた夏の記憶を少しずつ洗い流していくのだ。全ての記憶は溝を伝って下水道や川へと流れこみ、暗く深い海へと運ばれていく。

我々は僕の会社が催したキャンペーンのためのパーティーで顔を合わせた。僕はある大手の電機器具メーカーの広告部に勤めていて、ちょうどそのとき秋の結婚シーズンと冬のボーナス時期にあわせて発売する予定の一連の台所電化製品のプレス・パブリシティーを担当していた。いくつかの女性誌にタイアップ記事を載せてもらうように交渉するのが僕の役目だった。たいして頭の要る仕事ではないが、なるべく読者に広告臭が感じとれないように要領よく記事をまとめあげてもらう必要がある。そしてその代償として我々は雑誌に広告を掲載することになる。世の中は持ちつ持たれつだ。

彼女は若い主婦向けの雑誌の編集者で、そのパブリシティーがらみの取材のためのパーティーにやってきた。ちょうど手のあいていた僕が彼女の相手をし、イタリア人の有名デザイナーがデザインしたカラフルな冷蔵庫やコーヒー・メーカーや電子レンジやジューサーの説明をした。

「いちばん大事なポイントは統一性なんです」と僕は言った。「どんな素晴しいデザインのものも、まわりとのバランスが悪ければ死んでしまいます。色の統一、デザインの統一、機能の統一——それが今のキッチンに最も必要なことなんです。調査によれば、主婦は一日のうちいちばん長い時間をキッチンの中で過します。キッチンは主婦の仕事場であり、書斎であり、居間なんです。だから彼女たちはキッチンを少しでも居心地の良い場所にしようと努めています。広さは関係ありません。たとえそれが広くても狭くても、優れたキッチンの原則はひとつしかないんです。シンプルさ、機能性、統一性です。今回のこのシリーズはそのようなコンセプトに沿って設計され、デザインされています。たとえばこのクッキング・プレートを見て下さい——云々」

彼女は肯いて、小さなノートにメモをとっていた。彼女だってとくにそんな取材に興味があるわけではないし、僕の方もクッキング・プレートに個人的な関心があるわけではない。我々はそれぞれの仕事をこなしているだけのことなのだ。

「ずいぶん台所のことにくわしいんですね」と僕の説明が終ったあとで彼女は言った。

「仕事ですからね」と僕は営業用の笑顔で答えた。「でも、それとはべつに料理を作るのは好きです。簡単な料理だけれど、毎日作っていますよ」

「台所には本当に統一性が必要なのかしら？」と彼女は質問した。

「台所じゃなくてキッチンです」と僕は訂正した。「どうでもいいようなことだけど、会社がそう決めているものですから」

「ごめんなさい。でもそのキッチンには本当に統一性が必要なのかしら？　あなたの個人的な意見として」

「僕の個人的な意見はネクタイを外さないと出てこないんです」と僕は笑いながら言った。「でも今日は特別に言っちゃいますけれど、台所にとって統一性以前に必要なものはいくつか存在するはずだと僕は思いますね。でもそういう要素はまず商品にはならないし、この便宜的な世界にあっては商品にならないファクターは殆んど何の意味も持たないんです」

「世界は本当に便宜的に成立しているの？」

僕はポケットから煙草をとりだして口にくわえ、ライターで火をつけた。

「ただそう言ってみただけです」と僕は言った。「そう言った方がいろんなことがわかりやすいし、仕事もしやすい。ゲームみたいなもんです。本質的に便宜性とか、便宜的な本質とか、いろんな言い方ができるし、そういう風に考えていれば波風も立たないし、複雑な問題も起きませんからね」

「なかなか面白い意見だと思うわ」と彼女は言った。

「べつに面白くもなんともない。誰でもが考えていることです」と僕は言った。「ところでそれほど悪くないシャンパンがあるんだけれど、いかがです?」

「ありがとう。頂くわ」と彼女は言った。

僕と彼女はそれから冷えたシャンパンを飲みながら世間話をしたが、話をしているうちに二人のあいだには何人かの共通の知人がいることが明らかになった。我々の属している業界はそれほど広いものではないから、いくつか石を投げればひとつかふたつは〈共通の知人〉に当ることになる。それに加えて、僕の妹がたまたま彼女と同じ大学の出身だった。我々はそのようないくつかの名前を手がかりにして比較的滑らかに話題を広げていくことができた。

彼女も僕も独身者だった。彼女は二十六で、僕は三十一だった。彼女はコンタクト・

レンズを入れ、僕は眼鏡をかけていた。彼女は僕のネクタイの色を賞め、僕は彼女の上着を賞めた。我々はそれぞれの住んでいるアパートの家賃について話し、給料の額や仕事の内容についての愚痴も言った。要するに我々はかなり親密になったわけだ。彼女はなかなか魅力的な女性だったし、押しつけがましいところもなかった。僕は二十分ばかりそこで彼女と立ち話をしたが、彼女に対して好意を抱いてはいけないという理由はひとつとしてみつけることはできなかった。

パーティーが終りかけた頃、僕は彼女を誘って同じホテル内のカクテル・ラウンジに移り、そこに腰を据えて話のつづきをすることにした。ラウンジの大きな窓からは初秋の雨が見えた。雨はあいかわらず音もなく降りつづき、その奥の方に街の光が様々なメッセージをにじませているのが見えた。ラウンジには客の姿は殆んどなく、湿っぽい沈黙があたりを支配していた。彼女はフローズン・ダイキリを注文し、僕はスコッチのオン・ザ・ロックを注文した。

我々はそれぞれの飲みものを飲みながら、いくぶん親密になった初対面の男女が普通酒場で話すような話をした。大学時代の話や、好きな音楽の話や、スポーツや、日常的習慣や、そんな話だ。

それから僕は象の話をした。どうして急に象の話なんかになってしまったのか、僕にはそのつながりを思いだすことができない。たぶん何か動物のことを話していて、それが象に結びついてしまったのだろうと思う。それとも僕はごく無意識的に誰かに——上手く話すことができそうな誰かに——象の消滅についての僕なりの見解を語りたいと思っていたのかもしれない。あるいはただ単に酒を飲んだ勢いだったのかもしれない。

しかしそれを口にしたその瞬間に、僕は自分がそのような状況にとって最も不適当な話題をひっぱりだしてしまったことに気づいた。僕は象の話なんて持ちだすべきではなかったのだ。それはなんというか、あまりにも完結しすぎた話題なのだ。

それで僕はすぐに象の話題をひっこめようとしたのだが、彼女は具合の悪いことにその象の消滅事件に人並み以上の関心を持っていて、僕がその象を何度も見たことがあると言うと、たてつづけに質問を浴びせかけてきた。

「どんな象だったの？　どんな風にして逃げたんだと思う？　いつも何を食べていたの？　危険はないのかしら？」、そんな風なことだ。

僕はそれに対して新聞に書いてあるようなごく一般的なありきたりの説明をした。しかし彼女は僕の口調の中に不自然に歪められた冷淡さを感じとったようだった。僕は昔から嘘をつくのがかなり苦手な方なのだ。

「象がいなくなったときはすごくびっくりしたでしょ？」と彼女は二杯目のダイキリを

すすりながら、なんでもなさそうに訊ねた。「象が一頭突然消えてしまうなんて、誰にも予測できないですものね」

「そうだね。そうかもしれない」と僕は言ってガラス皿に盛られたプリッツェルを手にとり、ふたつに割って半分を食べた。ウェイターが回ってきて灰皿を新しいものにとりかえていった。

彼女は興味深そうにしばらく僕の顔を見つめていた。僕はまた煙草を口にくわえて火をつけた。三年も禁煙していたのに、象が消えて以来また煙草を吸うようになってしまったのだ。

「そうかもしれないということは、象が消えることは少しは予測できたっていうことなの？」と彼女は質問した。

「予測なんてできっこないよ」と僕は笑って言った。「ある日突然象が消えちゃうなんて、そんな前例もないし必然性もない。理にもかなっていない」

「でもあなたの言い方はすごく変だったわよ。いい？　私が『象が消えてしまうなんて誰にも予測できないもの』と言ったら、あなたは『そうだね。そうかもしれない』って答えたのよ。普通の人はそういう答え方はしないわ。『まったくね』とか『見当もつかないな』とか言うものじゃないかしら」

僕は彼女に向って曖昧《あいまい》に肯いてから手を上げてウェイターを呼び、スコッチのおかわりを頼んだ。新しいオン・ザ・ロックがやってくるまで、暫定的な沈黙がつづいた。

「ねえ、私にはよくわからないわ」と彼女は静かな口調で言った。「あなたはついさっきまでとてもきちんと話をしていたのよ。象の話になるまではね。でも象のことになるとなんだか急にしゃべり方がおかしくなっちゃったわ。何を言おうとしているのかよくわからないし、いったいどうしたの？　象のことで何かまずいことでもあるの？　それとも私の耳がどうかしちゃったのかしら？」

「君の耳はおかしくないよ」と僕は言った。

「じゃああなたの方に問題があるのね？」

僕は指をグラスの中に入れて氷をくるくるとまわした。僕はオン・ザ・ロックの氷がグラスにぶつかるときの音が好きなのだ。

「問題というほど大げさなものじゃないよ」と僕は言った。「ほんの些細《ささい》なことなんだ。べつに人に隠しているわけじゃなくて、うまく話せるかどうか自信がないんで話さないだけのことなんだ。変っているといえば、たしかにちょっと変った話だからね」

「どんな風に？」

僕はあきらめてウィスキーをひとくち飲み、それから話しはじめた。

「ひとつ気になるのは、僕がその消えた象のおそらく最後の目撃者だっていうことなんだ。僕が象を見たのは五月十七日の午後の七時過ぎで、象がいなくなっているのがわかったのが翌日の昼すぎ、そのあいだに象の姿を見た人は一人もいないんだ。夕方の六時には象舎の扉は閉められてしまうからね」

「話の筋がよくわからないんだけれど」と彼女は僕の目をのぞきこみながら言った。「象舎の扉が閉められてしまったのに、あなたはどうして象を見ることができたの?」

「象舎の裏には殆んど崖のようになった小さな山があるんだ。誰かの持ち山で、道らしい道もついていないけれど、そこに一ヵ所だけ裏側から象舎の中をのぞきこめるポイントがあるんだ。そんなことを知っているのは僕くらいだろうけれどね」

僕がそのポイントを発見したのはまったくの偶然だった。ある日曜日の午後に裏山を散歩していて道がわからなくなり、適当な見当をつけて歩いているうちにたまたまその場所に出てしまったのだ。そこには人間一人が寝転べるほどの平らな地面が開けており、灌木のすきまから下を見下ろすと、ちょうど真下に象舎の屋根が見えた。屋根の少し下のあたりにはかなり大きめの通風口があって、そこから象舎の内部がはっきりと見えた。

それ以来、僕はときどきそこを訪れて、象舎の中に入っているときの象を眺めることを習慣とするようになった。どうしてわざわざそんな面倒なことをしたのかと訊かれてといったも、僕にはうまく答えられない。僕はただプライヴェートな時間の象の姿を見たかったというだけなのだ。それ以上の深い理由はない。

象舎の中が暗いときにはもちろん象の姿は見えなかったけれど、夜の早いうちは飼育係は象舎の電灯をつけ放しにして象の世話をしていたので、僕はその様子をこと細かに見物することができた。

僕がまず最初に気づいたのは、象舎の中で二人きりになったときの象と飼育係は、人前にその公的な姿を見せているときよりはずっと親密そうに見えるということだった。それは彼らのあいだのちょっとした仕草を見ていればすぐにわかった。彼らはまるで昼のあいだは二人のあいだの親密さを人々に気取られぬように注意深く感情をセーブし、二人きりになれる夜のためにそれをとりわけておいているように思えたほどだった。とはいっても二人が象舎の中で何か特殊なことをしていたというわけではない。象は象舎の中に入ってもあいかわらずぼんやりとしていたし、飼育係もデッキ・ブラシで象の体を洗ったり、床に落ちた巨大な糞をあつめたり、食事のかたづけをしたりといった飼育係としてはまずあたり前の作業をしているだけだった。しかしそれでも彼ら二人のあいだに結ばれた信頼感のかもしだす独得なあたたかみは見逃しようがなかった。飼育係が床を掃除していると、象は鼻を振って、飼育係の背中を軽くとんとんと叩いたりした。

僕はそんな象の姿を見るのが好きだった。

「象のことは昔から好きだったの？　つまりその象に限らずということだけれど……」と彼女が質問した。

「そうだね。そうだと思う」と僕は言った。「象という動物には何かしら僕の心をそそるものがあるんだ。昔からずっとそうだったような気がするな。どうしてだかはよくわからないけれどね」

「それでその日も日が暮れてから、裏山にのぼって一人で象を見ていたのね」と彼女は言った。「えーと、五月の……」

「十七日」と僕は言った。「五月十七日の午後七時くらい。その頃はもうずいぶん日が長くなっていて、空にはまだ夕焼けが少し残っていた。でも象舎の中には煌々《こうこう》と灯りがともっていたよ」

「そのときは象にも飼育係にもべつに異常はなかったのね？」

「異常はなかったとも言えるし、異常はあったとも言える。僕には正確なことは言えないんだ。なにしろすぐ目の前で見ていたわけじゃないからね。目撃者としての信頼性はそれほど高いとも言えないだろうし」

「いったい何があったの？」

僕は氷がとけて少し薄まったオン・ザ・ロックをひとくち飲んだ。窓の外の雨はまだ降りつづいていた。強くもならず、弱くもならない。それはまるで恒久的に続く静止した風景の一部のように見えた。

「何があったというわけでもないんだ」と僕は言った。

「象と飼育係はいつもと同じようなことをしているだけだった。掃除をしたり、食事をしたり、仲良さそうにちょっとふざけてみたりっていうくらいのことだよ。そんなのはいつもやっていることさ。ただ僕がちょっと気になったのは、そのバランスのことなんだ」

「バランス?」

「つまり大きさのバランスだよ。象とその飼育係の体の大きさのつりあいさ。そのつりあいがいつもとは少し違うような気がしたんだ。いつもよりは象と飼育係の体の大きさの差が縮まっているような気がしたんだ」

彼女はしばらくのあいだ自分の持ったダイキリのグラスにじっと視線を注いでいた。中の氷がとけて、その水が小さな海流のようにカクテルのすきまにもぐりこもうとしているのが見えた。

「ということは象の体が小さくなっていたっていうこと?」

「あるいは飼育係が大きくなっていたか、あるいはその両方が同時に起っていた、ということになるね」

「そのことを警察に知らせなかったのね？」

「もちろんさ」と僕は言った。「そんなの知らせたって警察はまず信用しないだろうし、そんな時間に裏山から象を見物していたなんて言ったら僕が疑われるのがオチだろうからね」

「でもそのバランスがいつもと違っていたというのは確かなのね？」

「たぶんね」と僕は言った。「たぶんとしか僕には言えないよ。証拠は何もないし、それに何度も言うようだけれど、通風口から中をのぞきこんでいただけだからね。でも僕は何十回となくそれと同じ条件で象と飼育係を見てきたわけだから、その大きさのバランスで思い違いをしたりするようなことはまず考えられないと思うんだ」

そう、僕はそれが目の錯覚かもしれないと思って、そのとき何度も目を閉じたり頭を振ったりしてみたのだけれど、それでもどれだけ見なおしてみても象の大きさは変化しなかったのだ。たしかに象は縮んでいるように見えた。僕は最初のうち町が新しい小型の象を手に入れたのかと思ったほどだった。でもそんな話は耳にしたこともないし——僕が象についてのニュースを見逃すはずもないし——となると、これまでいた老象が何らかの理由で急に縮んでしまったという以外に考えようがないのだ。それによく見ていると、その小型の象の仕草は老象がいつもやる仕草ぴったりそのままであることが見てとれた。象は体を洗われるときに嬉しそうに右足で地面を叩き、いくぶん細くなったその鼻で飼育係の背中を撫でた。

それは不思議な光景だった。通風口からじっと中をのぞきこんでいると、まるでその象舎の中にだけ冷やりとした肌あいの別の時間性が流れているように感じられたのだ。そして象と飼育係は自分たちを巻きこまんとしている——あるいはもう既に一部を巻きこんでいる——その新しい体系に喜んで身を委ねているように僕には思えた。

僕が象舎の中を眺めていた時間は全部で三十分足らずだったと思う。象舎の灯りはいつもよりずっと早く、七時三十分には消え、それを境に全ては闇に包まれてしまった。僕はなおもその場にとどまってもう一度象舎の灯りがともるのを待っていたが、電灯は二度とは点灯されなかった。それが僕が象を見た最後だった。

「じゃあ、あなたは象がそのままどんどん縮んでいって小さくなって柵のすきまから逃げだしてしまったか、それともまったく消えてしまったと考えているわけ？」と彼女が訊ねた。

「わからない」と僕は言った。「僕は自分がこの目で見たことを少しでも正確に思い出そうとしているだけなんだ。それ以上先のことは殆んど何も考えていない。目で見たものの印象が強すぎて、正直なところ、それから何かを類推するなんてことは僕にはとてもできそうにないんだ」

それが象の消滅についての僕の話の全てだった。僕が最初に予想したように、その話は知りあったばかりの若い男女が語りあうには話題としてあまりにも特殊だったし、それ自体が完結しすぎていた。僕が話し終えると、しばらく二人のあいだに沈黙が下りた。消えた象についての殆んど何のとりかかりもない話のあとにいったいどんな種類の話題を持ちだせばいいのか、僕にも彼女にも見当がつかなかった。彼女はカクテル・グラスの縁を指でなぞり、僕はコースターに印刷された文字を二十五回くらい読みかえした。僕はやはり象の話なんてするべきではなかったのだ。それは口に出して誰かに打ちあけるような類いの話ではなかったのだ。

「昔、うちで飼っていた猫が突然消えちゃったことがあるけれど」とずっとあとで彼女が口を開いた。「でも猫が消えるのと象が消えるのとでは、ずいぶん話が違うわね」

「違うだろうね。大きさからして比較にならないからね」と僕は言った。

その三十分後に我々はホテルの入口で別れた。彼女がカクテル・ラウンジに傘を忘れたことを思い出したので、僕がエレベーターに乗って取りに戻った。柄の大きなレンガ色の傘だった。

「どうもありがとう」と彼女は言った。

「おやすみ」と僕は言った。

それっきり僕は彼女と会っていない。一度だけ広告記事の細部について我々は電話で話をした。そのとき僕は余程彼女を食事にでも誘おうかと思ったのだけれど、結局誘わなかった。電話で話しているうちに、何だかそんなのはどうでもいいことであるような気分になってしまったのだ。

象の消滅を経験して以来、僕はよくそういう気持になる。何かをしてみようという気になっても、その行為がもたらすはずの結果とその行為を回避することによってもたらされるはずの結果とのあいだに差異を見出すことができなくなってしまうのだ。ときどきまわりの事物がその本来正当なバランスを失ってしまっているように、僕には感じられる。あるいはそれは僕の錯覚かもしれない。象の事件以来僕の内部で何かのバランスが崩れてしまって、それでいろんな外部の事物が僕の目に奇妙に映るのかもしれない。その責任はたぶん僕の方にあるのだろう。

僕はあいかわらず便宜的な世界の中で便宜的な記憶の残像に基いて、冷蔵庫やオーブン・トースターやコーヒー・メーカーを売ってまわっている。僕が便宜的になろうとすればするほど、製品は飛ぶように売れ——我々のキャンペーンは我々のいくぶん楽観的な予想さえをも越えて成功した——僕は数多くの人々に受け入れられていく。おそらく人々は世界というキッチンの中にある種の統一性を求めているのだろう。デザインの統一、色の統一、機能の統一。

新聞にはもう殆んど象の記事は載らない。人々は彼らの町がかつて一頭の象を所有していたことなんてすっかり忘れ去ってしまったように見える。象の広場に茂った草は枯れ、あたりには既に冬の気配が感じとれる。

象と飼育係は消滅してしまったし、彼らはもう二度とはここに戻ってこないのだ。

ファミリー・アフェア

そういうのは世の中にはよくある例なのかもしれないけれど、僕は妹の婚約者がそもそもの最初からあまり好きになれなかった。そして日がたつにつれ、そんな男と結婚する決心をするに至った妹そのものに対しても少なからず疑問を抱くようにさえなっていた。正直なところ、僕はがっかりしていたのだと思う。

あるいはそんな風に思うのは僕が偏狭な性格であるせいかもしれない。

少くとも妹は僕のことをそう考えているようだった。我々はおもてだってその話題を口にはしなかったけれど、僕がその婚約者をあまり気に入っていないことは妹の方でもはっきりと察知していたし、そんな僕に対して彼女は苛立っているように見えた。

「あなたは物の見方が狭すぎるのよ」と妹は僕に言った。そのとき我々はスパゲティーについて話していたのだ。彼女はつまり僕のスパゲティーに対する物の見方が狭すぎると指摘したわけだ。

しかしもちろん、妹は何もスパゲティーだけを問題にしていたわけではない。スパゲティーの少し先の方には彼女の婚約者がいて、彼女はどちらかといえばそちらの方を問題にしていたのだ。いわばそれは代理戦争のようなものだった。

そもそもの発端は日曜日の昼間に妹が二人でスパゲティーでも食べに出ようと僕に持ちかけたところから始まっていた。僕もちょうどスパゲティーが食べたかったので「いいね」と言った。そして我々は駅前に新しくできた小綺麗なスパゲティー・ハウスに入った。僕はナスにニンニクのスパゲティーを注文し、妹はバジリコのスパゲティーを注文した。料理が来るまで僕はビールを飲んだ。そこまでは何の問題もなかった。五月で、日曜日で、おまけに良い天気だった。

問題は運ばれてきたスパゲティーの味が災厄と表してもいいくらいひどかったことだった。麺は表面がいやに粉っぽくて中に芯が残っており、バターは犬だって食べ残しそうな代物だった。僕はなんとか半分だけ食べてからあきらめ、ウェイトレスにあとは下げてくれと言った。

妹はそんな様子をちらちらと見ていたが、そのときは何も言わずに自分の皿の中のスパゲティーを最後の一本まで時間をかけてゆっくりと食べた。僕はそのあいだ窓の外の景色を見ながら二本目のビールを飲んでいた。

「ねえ、何もそんなに見せつけがましく残すことないでしょ」と自分の皿が下げられたあとで妹は言った。

「まずい」と僕は簡単に言った。

「半分残すほどまずくないわ。少しは我慢すればいいのに」

「食べたいときは食べるし、食べたくないときは食べない。これは僕の胃であってお前の胃じゃない」

「お前なんて言わないでよ、お願いだから。お前なんていうとまるで年とった夫婦みたいに見えるじゃない」

「僕の胃であって君の胃じゃない」と僕は訂正した。二十歳をすぎてから、彼女は自分のことをお前ではなく君と呼ぶように僕を訓練していたのだ。その違いがどこにあるのか僕にはよくわからない。

「ここの店は開店したばかりで、調理場の人がきっとまだ馴れてないのよ。少しは寛容な気持になったっていいでしょ？」と妹は運ばれてきたこれもまた見るからにまずそうな薄いコーヒーを飲みながら言った。

「そうかもしれないけど、まずい料理を残すっていうのもひとつの見識だと思う」と僕は説明した。

「いつからそんなに偉くなったの？」と妹は言った。

「嫌にからむね」と僕は言った。「生理か何かなの？」

「うるさいわね。変なこと言わないでよ。あなたにそんなこと言われるいわれはないんだから」

「べつに気にしなくていいよ。君の最初の生理がいつだったかだってちゃんと知ってるんだから。ずいぶん遅くてお袋と一緒に医者にみてもらいに行ったじゃないか」

「黙らないとバッグをぶっつけるわよ」と彼女は言った。

彼女が本気で腹を立てていることがわかったので僕は黙った。

「だいたいね、あなたの物の見方は偏狭にすぎるのよ」と彼女はコーヒーにクリームを追加して入れながら――きっとまずいのにちがいない――言った。「あなたはものごとの欠点ばかりみつけて批判して、良いところを見ようとしないのよ。何かが自分の規準にあわないとなるといっさい手も触れようとしないのよ。そんなのってそばで見てるとすごく神経にさわるのよ」

「でもそれは僕の人生であって、君の人生じゃない」と僕は言った。

「そうして他人を傷つけ、迷惑をかけるのね。マスターベーションのことにしたってそうよ」

「マスターベーション？」と僕はびっくりして言った。「何のことだ、それ？」

「あなたは高校時代によくマスターベーションしてシーツを汚してたでしょ。ちゃんと知ってるんだから。あれ洗濯するの大変なのよ。マスターベーションくらいシーツを汚さないようにやれば？　そういうのが迷惑だって言うのよ」

「気をつけるよ」と僕は言った。「そのことについてはね。でもくりかえすようだけれど、僕には僕の人生があるし、好きなものもあれば嫌いなものもある。仕方ないじゃないか」

「でも人を傷つけるわ」と妹は言った。

「どうして努力しようとしないの？　どうしてものごとの良い面を見ようとしないの？どうして少くとも我慢しようとしないの？　どうして成長しないの？」

「成長してる」と僕は少し気持を傷つけられて言った。

「我慢もしてるし、ものごとの良い面だって見ている。君と同じところを見てないだけの話だ」

「それが傲慢《ごうまん》だって言うのよ。だから二十七にもなってまともな恋人ができないのよ」

「ガール・フレンドはいるよ」

「寝るだけのね」と妹は言った。「そうでしょ？　一年ごとに寝る相手をとりかえてて、それで楽しいの？　理解とか愛情とか思いやりとかそういうものがなければ、そんなの何の意味もないじゃない。マスターベーションと同じよ」

「一年ごとになんかとりかえていない」と僕は力なく言った。

「同じようなものよ」と妹は言った。「少しはまともな考え方をして、まともな生活をすれば？　少しは大人になれば？」

それが我々の会話の終りだった。それから先、僕が何を話しかけても、彼女はほとんど返事をしなかった。

どうして彼女が僕に対してそんな考え方をするようになったのか、僕にはよくわからなかった。ほんの一年ばかり前まで彼女は僕の僕なりに確固としたいい加減な生き方を一緒になって楽しんでいたし、僕に——僕の感じ方さえ間違っていなければ——ある意味では憧れてもいたのだ。彼女が僕を少しずつ批難するようになったのは、その婚約者とつきあいだしてからだった。

そんなのって公正じゃない、と僕は思った。僕と彼女はもう二十三年もつきあってきたのだ。我々はいろんなことを正直に語りあえる仲の良い兄妹だったし、喧嘩だって殆んどしたことがなかった。彼女は僕のマスターベーションのことを知っているし、僕は彼女の初潮のことを知っている。彼女は僕がはじめてコンドームを買ったときのことを知っている（僕は十七歳だった）、僕は彼女がはじめてレースの下着を買ったときのことを知っている（彼女は十九歳だった）。

僕は彼女の友だちとデートしたことがあるし（もちろん寝なかった）、彼女は僕の友だちとデートしたことがある（もちろん寝ていないと思う）。とにかく我々はそんな風に育ってきたのだ。そんな友好的な関係がたった一年のあいだにがらりと変質してしまうのだ。そう考えると僕はだんだん腹立たしい気分になってきた。

駅前のデパートで靴を見るという妹をあとに残して、僕は一人でアパートの部屋に戻った。そしてガール・フレンドに電話をかけてみた。彼女はいなかった。これはまああたり前の話だ。日曜日の午後の二時に急に電話をかけて女の子をデートに誘ったってうまくいくはずがない。僕は受話器を置き、手帳のページを繰ってべつの女の子の家のダイヤルをまわしてみた。どこかのディスコで知りあった女子大生だ。彼女は家にいた。

「飲みにいかないか」と僕は誘った。

「まだ午後の二時よ」と彼女は面倒臭そうに言った。

「時間なんて問題じゃない。飲んでるうちに日も暮れるさ」と僕は言った。「実は夕陽を見るのにうってつけの良いバーがあるんだ。午後の三時には行ってないと良い席がとれない」

「気障《きざ》な人ね」と彼女は言った。

それでも彼女は出てきてくれた。きっと親切な性格なのだろう。僕は車を運転して海岸沿いに横浜の少し先まで行き、約束どおり海辺の見えるバーに入った。僕はそこでI・W・ハーパーのオン・ザ・ロックを四杯飲み、彼女はバナナ・ダイキリ——バナ、ナ、ナ、ナ・ダイキリ！——を二杯飲んだ。そして夕陽を眺めた。

「そんなにお酒飲んで車を運転できるの？」とその子が心配そうに訊いた。

「心配ない」と僕は言った。「僕はアルコールに関してはアンダー・パーなんだ」

「アンダー・パー？」

「四杯飲んだくらいでちょうど普通になるんだよ。だから何の心配もない。大丈夫」

「やれやれ」と彼女は言った。

それから我々は横浜に戻って食事をし、車の中でキスをした。僕は彼女をホテルに行こうと誘ったが、彼女は駄目だと言った。

「だってタンポンが入ってるのよ」

「取ればいい」

「冗談じゃないわ。まだ二日めよ」

やれやれ、と僕は思った。まったくなんという一日だ。こんなことならはじめからガール・フレンドとデートしていればよかったのだ。久しぶりに妹とゆっくり一日を過そうと思ったから、僕はこの日曜日に何の約束も入れずにおいたのだ。それがこのザマだ。

「ごめんね。でも嘘じゃないのよ」とその女の子は言った。

「かまわないよ。気にしなくていい。君のせいじゃない。僕のせいだ」

「私の生理があなたのせいなの？」とよくわからないという顔つきでその女の子は言った。

「違うよ。めぐりあわせってことさ」と僕は言った。あたり前じゃないか。どうして僕のせいでどこかのよく知らない女の子が生理にならなくちゃいけないんだ？

僕は彼女を世田谷の家まで車で送った。途中でクラッチがかたかたという小さくはあるが耳ざわりな音を立てた。このぶんじゃそろそろ修理工場に持っていかなくちゃなと僕はため息をついた。ひとつ何かがうまくいかないと、何もかもが連鎖的に悪い方向に流れていくという典型的な一日だった。

「また近いうちに誘っていいかな？」と僕は訊いた。

「デートに？　それともホテルに？」

「両方」と僕は明るく言った。「そういうのは、ほら、表裏一体なんだ。歯ブラシと歯みがきみたいに」

「そう、考えると頭が老化しなくていい」と彼女は言った。

「あなたのお家はどうなの？　遊びに行けない？」

「駄目だな。妹と住んでるからね。とりきめがしてあるんだ。僕は女を入れない。妹は男を入れない」

「本当に妹さんなの？」

「本当さ。この次、住民票の写しを持ってくるよ」と僕は言った。

彼女は笑った。

その女の子が自宅の門の中に消えてしまうのを見届けてから僕は車のエンジンを入れ、クラッチの音に耳をすませながらアパートに戻った。

アパートの部屋はまっ暗だった。僕は鍵を開けて電灯をつけ、妹の名前を呼んだ。しかし彼女はどこにもいなかった。まったく夜の十時にどこに行っちまったんだ、と僕は思った。それからしばらく夕刊を探したが、夕刊はみつからなかった。日曜日なのだ。

僕は冷蔵庫からビールを出してグラスと一緒に居間に運び、ステレオ・セットのスイッチを入れて、ターン・テーブルにハービー・ハンコックの新しいレコードを載せた。

そしてビールを飲みながらスピーカーから音が出てくるのを待った。しかしいつまで待っても音は出てこなかった。そのときになってやっと僕はステレオ・セットが三日前から故障していたことに気がついた。電源は入るのだが、音が出てこないのだ。

同様にTVを見ることもできなかった。僕の持っているのはモニター用のTV受信機で、ステレオ・セットをとおさないことには音が出てこない仕組みになっているのだ。

仕方がないので僕は無音のTVの画面をにらみながら、ビールを飲むことにした。TVでは古い戦争映画をやっていた。ロンメルの戦車隊が出てくるアフリカ戦線ものだ。戦車砲が無音の砲弾を撃ち、自動小銃が沈黙の弾音をばらまき、人々は無言で死んでいった。

やれやれ、と僕はその日十六回めの――たぶんそれくらいになっているはずだ――ため息をついた。

＊

僕が妹と二人で暮すようになったのは五年前の春のことだった。そのとき僕は二十二で妹は十八だった。つまり僕が大学を出て就職し、彼女が高校を出て大学に入った年だ。僕の両親は僕と一緒に住むならという条件で妹が東京の大学に出ることを許したのだ。

それでかまわないと妹は言った。いいよ、と僕も言った。両親は我々のためにきちんとした個室がふたつある広いアパートを借りてくれた。家賃の半分は僕が負担することにした。

前にも言ったように僕と妹は仲が良かったし、二人で暮すことに僕は殆んど苦痛を感じなかった。僕は電機メーカーの広告部に勤めていたせいで、比較的朝は遅く出勤し、夜は遅く帰ってきた。妹は朝早く大学にでかけ、だいたい夕方には帰ってきた。だから僕が目を覚ましたときには彼女はもういないし、帰ってきたときにはもう眠っているということが多かった。おまけに殆んどの土曜日と日曜日を僕は女の子とのデートに費したので、彼女とまともに口をきくのは週に一回か二回という有様だった。しかし結局はそれが良かったのだろうと思う。我々はそのおかげで喧嘩ひとつする暇もなかったしお互いのプライバシーには口をはさまなかった。

彼女にもたぶんいろいろなことがあったのだろうとは思うけれど、僕はそれには一切口を出さなかった。十八を越えた女の子が誰と寝ようが、そんなのは僕の知ったことではないのだ。

でも一度だけ夜中の一時から三時まで彼女の手を握ってやっていたことがある。僕が仕事から帰ってくると台所のテーブルで彼女が泣いていたのだ。台所のテーブルで泣いているというのはたぶん僕に何かをしてほしいということなのだろうと僕は推察した。僕はただって放っておいてほしければ、自分の部屋のベッドで泣いていればいいのだ。僕はたしかに偏狭で身勝手な人間かもしれないけれど、それくらいのことはわかる。

だから僕はとなりに座って妹の手をじっと握っていてやった。妹の手を握るなんて小学生のときにトンボとりに行ったとき以来だ。妹の手は僕が覚えているより――まあたり前のことだけど――ずっと大きくてしっかりとしていた。

結局彼女はそのままの姿勢で何も言わずに二時間泣いていた。よくそれだけ涙が体内にストックしてあるものだと僕は感心した。僕なんか二分も泣けば体がからからに乾いてしまう。

しかし三時になると僕もさすがに疲れてきたのでそろそろ切りあげることにした。このあたりで兄として、何かを言わなければならない。そういうのは苦手だけれど、まあ仕方ない。

「僕はお前の生活に一切干渉したくない」と僕は言った。「お前の人生なんだから好きに生きればいい」

妹は肯いた。

「でも一言だけ忠告したいんだけど、バッグの中にコンドームを入れるのだけはよした方がいいよ。売春婦とまちがえられるから」

それを聞くと彼女はテーブルの上の電話帳を手にとって、僕に思いきり投げつけた。「どうして人のバッグなんかのぞくのよ！」と彼女はどなった。彼女は腹を立てるとすぐに何かを投げつけるのだ。だから僕はそれ以上刺激しないために、彼女のバッグの中なんて一度ものぞいたことはないということは言わずにおいた。しかしいずれにせよそれで彼女は泣くのをやめたし、僕は自分のベッドにもぐりこむことができた。

妹が大学を出て旅行代理店に勤めるようになってからも、我々のそんな生活パターンはまったく変らなかった。彼女の会社は九時から五時までのきちんとした労働だったし、僕の方の生活はますますルーズになっていった。昼前に出社し、デスクで新聞を読み、昼食を食べ、午後の二時頃から本格的に仕事を始め、広告代理店と夕方から打ちあわせをし、酒を飲んで真夜中すぎに帰宅するという毎日だった。

旅行代理店に勤めた最初の年の夏休みに、彼女は女ともだちと二人でアメリカの西海岸にでかけ（もちろん割引料金）、そのツアーグループで一緒になったひとつ年上のコンピューター・エンジニアと親しくなった。そして日本に帰ってきてからもよく彼とデートをするようになった。まあよくある話だが、僕はそういうのが根っから苦手だった。

だいたいパッケージ・ツアーというのが大嫌いだし、そんなところで誰かと知りあいになるなんて考えただけでうんざりする。

しかしそのコンピューター・エンジニアとつきあいはじめてから、妹は以前よりずっと明るくなったようだった。きちんと家事をするようになったし、服にも神経を使うようになった。それまで彼女はワークシャツと色の落ちたブルージーンズとスニーカーという格好でどこにでもでかけてしまうようなタイプだったのだ。服装に凝りはじめたおかげで下駄箱は彼女の靴でいっぱいになり、家の中はクリーニング屋の針金のハンガーであふれた。彼女はよく洗濯をし、よくアイロンをかけ（それまでは風呂場にアマゾンの蟻塚みたいな格好に汚れたものが積みあげてあったものだった）、よく料理を作り、よく掃除をするようになった。僕にもいささかの覚えがあるけれど、そういうのは危険な徴候だった。女の子がそういう徴候を見せはじめたら、男は一目散に逃げるかあるいは結婚するしかない。

それから妹は僕にそのコンピューター・エンジニアの写真を見せてくれた。妹が僕に男の写真を見せるなんてはじめてのことだ。これもまた危険な徴候だった。

写真は二枚あって、一枚はサン・フランシスコのフィッシャーマンズ・ウォーフで撮ったものだった。カジキマグロの前に妹とそのコンピューター・エンジニアが並んでにっこりと笑っていた。

「立派なカジキだ」と僕は言った。

「冗談言わないでよ」と妹は言った。「私本気なのよ」

「なんて言えばいいんだ?」

「何も言わなくていいわよ。その人なの」

僕はもう一度その写真を手にとって、男の顔を見た。世の中に一目で嫌になるというタイプの顔があるとすれば、それがその顔だった。おまけにそのコンピューター技師は僕が高校時代にいちばん嫌っていたクラブの先輩に雰囲気がそっくりだった。顔立ちは悪くないが、頭がからっぽで、押しつけがましい男だった。おまけに象みたいに記憶力が良くて、つまらないことをいつまでもいつまでも覚えている。頭が悪いぶんを記憶力で補っているのだ。

「何回くらいやったんだ?」と僕は訊いた。

「馬鹿言わないで」とそれでも赤くなりながら妹は言った。「自分の尺度で世の中を測るのはやめてよ。世間の人がみんなあなたみたいな人間ってわけじゃないんだから」

二枚目の写真は日本に帰ってきてからのものだった。今度のはコンピューター技師が一人で写っていた。彼は皮のつなぎを着て大型のバイクにもたれていた。シートの上にはヘルメットが載っていた。そしてサン・フランシスコのときとまったく同じ顔をしていた。他に手持ちの表情がないのだろう。

「バイクが好きなのよ」と妹は言った。

「見りゃわかる」と僕は言った。「バイクが好きじゃない人間は好きこのんで皮のつなぎなんて着ない」

僕は——これももちろん偏狭な性格のなせる業ということになるだろうが——だいたいにおいてバイク・マニアが好きになれない。格好が大げさすぎるし、能書きが多すぎる。しかしそれについては僕は何も言わないことにした。

僕は黙って写真を妹に返した。

「さて」と僕は言った。

「さてって何よ？」と妹は言った。

「さて、どうなるんだろう、ということだよ」

「わかんないわ。でも結婚するかもしれないわね」

「結婚を申しこまれたっていうこと？」

「まあね」と彼女は言った。「まだ返事はしてないけど」

「ふうん」と僕は言った。

「本当のことを言えば、私だってまだ勤めはじめたばかりだし、もう少し一人でのんびりと遊びたいのよ。あなたほどラディカルじゃないにせよね」

「まあ健全な考え方と言うべきだろうな」と僕は認めた。

「でも彼は良い人だし、結婚してもいいと思うし」と妹は言った。「考えどころね」

僕はテーブルの上の写真をもう一度手にとって眺めた。そして「やれやれ」と思った。

それがクリスマスの前のことだった。

年が明けてしばらくした頃、母親が朝の九時に電話をかけてよこした。僕はブルース・スプリングスティーンの『ボーン・イン・ザ・U・S・A』を聴きながら歯を磨いているところだった。

母親は僕に妹がつきあっている男のことを知っているかと訊いた。

知らない、と僕は言った。

母親の話によると妹から二週間後の週末にその男と二人で家に帰りたいという手紙が来たということだった。

「結婚したいんじゃないかな」と僕は言った。

「だからどんな人かって聞いてるんでしょう」と母親は言った。「顔をあわせる前にいろいろと知っておきたいのよ」

「さあね、会ったことがないからね。でもひとつ年上でコンピューターのエンジニアだよ。IBMだかなんだか、そんなところに勤めてる。アルファベットが三つだよ。NECだとかTNTだとかさ。写真で見るかぎり顔はどうってことない顔だよ。僕の趣味じゃないけど、僕が結婚するわけじゃないからね」

「どこの大学を出て、どんなお宅なの？」

「知るわけないじゃないか、そんなこと」と僕はどなった。

「一度会って、いろいろと訊いてみてくれない？」と母親は言った。

「嫌だね。僕は忙しいんだよ。二週間後に自分で訊きゃいいじゃないか」

でも結局、僕はそのコンピューター技師に会うことになった。次の日曜日に妹が彼の家に正式にあいさつに行くのについてきてほしいと言ったのだ。それで仕方なく僕は白いシャツにネクタイをしめ、いちばん地味な背広を着て、目黒にある彼の実家に行った。古い住宅街のまんなかにあるなかなか立派な家だった。ガレージの前にはいつか写真で見たホンダの５００ccがとめてあった。

「なかなか立派なカジキマグロだ」と僕は言った。

「ねえ、お願いだから、そのあなたの下らない冗談はなしよ。今日いちにちでいいから」と妹が言った。

「わかった」と僕は言った。

彼の両親はなかなかきちんとした——いささかきちんとしすぎているきらいはあるにせよ——立派な人々だった。父親は石油会社の重役だった。僕の父親は静岡で石油スタンドのチェーンを持っていたので、そういう面ではかけはなれた縁組というわけではなかった。母親が上品な盆に紅茶のカップを載せて持ってきてくれた。

僕はきちんとしたあいさつをし、名刺をわたした。彼の方も僕に名刺をくれた。本来なら私どもの両親が参るところなのですが、本日は所用で手がはなせず、私が代理で参りました。また日を改めまして、正式に御あいさつに伺わせて頂きたく存じます、と僕は言った。

いろいろ息子から話は聞いておりますし、今お目にかかったところ息子にはもったいないくらいの綺麗なお嬢さんであるし、お家もしっかりとしておられるようだし、このお話には当方としても異存はありません、と父親は言った。きっといろいろと調べあげたんだろう、と僕は想像した。でも十六まで初潮がなくて、慢性的便秘に悩んでいることまでは知るまい。

一応の正式な話が大過なく終ると、父親は僕にブランデーを注いでくれた。なかなか美味いブランデーだった。我々はそれを飲みながらそれぞれの仕事の話をした。妹がスリッパの先で僕の足を蹴って、あまり飲みすぎるなと注意した。

　そのあいだ息子であるコンピューター技師は何も言わずに緊張した面持ちで父親のそばにじっと座っていた。彼が少くともこの家の屋根の下では父親の権力の支配下にあることは一目でわかった。まったくねえ、と僕は思った。彼はそれまで僕が見たこともないような奇妙な柄のセーターを着て、その下に色のあわないシャツを着ていた。いったいなんだってもう少しまともな気のきいた男をみつけてこなかったんだ？

　話が一段落し、四時になったので、我々は腰を上げた。コンピューター技師が僕たち二人を駅まで送ってくれた。

「どこかで一緒にお茶でも飲みませんか？」と彼が僕と妹を誘った。僕はお茶なんて飲みたくなかったし、そんな変な柄のセーターを着た男と同席なんてしたくなかったけれど、断ると具合が悪そうだったので三人で近くの喫茶店に入ることに同意した。

　彼と妹はコーヒーを注文し、僕はビールを注文したが、ビールはなかった。それで仕方なくコーヒーを飲んだ。

「どうも今日はありがとうございました。とても助かりました」と彼は僕に礼を言った。

「いや、べつに当然のことだから」と僕はおとなしく言った。僕にはもう冗談を言う気力も残っていなかったのだ。

「いつも彼女からお兄さんのお話はうかがっています」と彼は言った。

いい、お兄さん？

僕はコーヒー・スプーンの柄で耳たぶをかいて、それを皿に戻した。妹はまた僕の足を蹴とばしたが、コンピューター技師の方はその動作の意味にまるで気づいていないようだった。たぶん二進法の冗談というのはまだ開発されていないのだろう。

「とても仲が良さそうで僕にはうらやましいですよ」と彼は言った。

「嬉しいことがあるとお互いの足を蹴りあうんだ」と僕は言った。

コンピューター技師はよくわからない顔をした。

「冗談のつもりなのよ」と妹がうんざりしたように言った。「そういうのが好きな人なの」

「冗談だよ」と僕も言った。「家事を分担してるんだ。彼女が洗濯して、僕が冗談を言う」

コンピューター技師は——渡辺昇というのが正確な名前だ——それを聞いて少し安心したように笑った。

「明るくていいじゃないですか。僕もそういう家庭が持ちたいな。明るいのがいちばんです」

「ほらね」と僕は妹に言った。「明るいのがいちばんだ。君が神経質すぎるんだ」

「面白い冗談ならね」と妹は言った。

「できれば秋には結婚したいと思うんです」と渡辺昇は言った。

「結婚式はやはり秋がいいな」と僕は言った。「まだリスも熊も呼べるし」

コンピューター技師の方は笑って、妹の方は笑わなかった。彼女は本気で怒りはじめているようだった。それで僕は用事があるからと言って先に席を立った。

アパートに戻ると僕は母親に電話をかけて、おおまかな状況を説明した。

「そんなに悪くない男だよ」と僕は耳をかきながら言った。

「そんなに悪くないってどういうことよ？」と母親が言った。

「まともってことだよ。少くとも僕よりまともみたいだ」

「あんただってべつにまともじゃない」と母親は言った。

「嬉しいね。ありがとう」と僕は天井を見ながら言った。

「それで大学はどこだったの？」

「大学？」

「どこの大学を出たの、その人？」

「そんなこと本人に訊けよ」と僕は言って電話を切った。そして冷蔵庫からビールを出してうんざりとした気分で一人で飲んだ。

*

スパゲティーのことで妹と喧嘩をした翌日、僕は午前八時半に目を覚ました。前日と同じように雲ひとつない上天気だった。まるで昨日のつづきみたいだな、と僕は思った。夜のあいだ一時中断《ハーフタイム》していた人生のつづきがまた始まったのだ。

僕は汗で湿ったパジャマと下着を洗濯ものかごに放りこみ、シャワーを浴びて髭を剃った。そして髭を剃りながら、もう一歩のところでものにすることのできなかった昨夜の女の子のことを考えた。まあいいや、と僕は思った。あれは不可抗力なんだし、僕としてはベストを尽したのだ。まだチャンスは十分にある。たぶん次の日曜日にはうまくいくだろう。

台所で僕はトーストを二枚焼いて、コーヒーをあたためた。それからFM放送を聴こうとしたがステレオ・セットが故障していることを思いだしてあきらめ、新聞の読書欄を読みながらパンをかじった。読書欄には僕が読みたくなるような種類の本は一冊も紹介されていなかった。そこにあるのは「年老いたユダヤ人の空想と現実の交錯する性生活」についての小説とか、分裂症治療についての歴史的考察とか、足尾鉱毒事件の全貌とか、そういうものばかりだった。そんな本を読むくらいならまだ女子ソフトボール部の主将とでも寝ていた方がずっと楽しい。新聞社はきっと我々にいやがらせをするためにこういう本を選んでいるのだろう。

かりかりに焼いたパンを一枚食べて新聞をテーブルの上に戻したところで、ジャムの瓶の下にメモ用紙がはさんであるのに気づいた。それには妹のいつもの小さな字で、今度の日曜日の夕食に渡辺昇を呼んでいるので、僕もちゃんと家にいて食事を一緒にするように、と書いてあった。

僕は朝食を済ませ、シャツの上に落ちたパン屑を払って、食器を流しの中に入れてから、妹の勤めている旅行代理店に電話をかけた。妹が出て「今忙しくて手がはなせないので十分後にこちらからかけなおす」と言った。

電話は二十分後にかかってきた。その二十分のあいだに僕は四十三回腕立て伏せをし、手と足の合計二十個の爪を切り、シャツとネクタイと上着とズボンを選んだ。そして歯を磨き、髪にくしを入れ、二回あくびをした。

「メモ読んでくれた？」と妹は言った。

「読んだよ」と僕は言った。「でも悪いけど今度の日曜は前まえからの約束があって駄目なんだ。もう少し早くわかってればあけておいたんだけどさ。まったく残念だ」

「しらじらしいこと言わないでよ。どうせ名前もロクに覚えてない女の子とどこかに行って何かをするような約束なんでしょ?」と冷ややかな声で妹は言った。

「それを土曜日にまわすことはできないの?」

「土曜日は一日スタジオに入ってなきゃいけないんだ。電気毛布のCFを作らなきゃならない。このところ結構忙しくてね」

「じゃあそのデートをキャンセルしてよ」

「キャンセル料金をとられる」と僕は言った。「今わりに微妙な段階なんだよ」

「私の方はそれほど微妙じゃないのね?」

「そういうわけでもないけどさ」と僕は椅子にかけたシャツにネクタイをあわせながら言った。

「ただお互いの生活には立ち入らないってのがルールじゃないか? 君は君の婚約者とメシを食う——僕は僕のガール・フレンドとデートする。それでいいだろう」

「よくないわよ。あなたずっと彼に会ってないでしょ? これまでに一度しか会ってないし、それも四ヵ月前のことよ。そんなのってないわよ。何度か会う機会はあったのに、あなたずっと逃げまわってたじゃない。すごく失礼だと思わない? あなたの妹の婚約者なのよ。一度くらい一緒に食事したっていいでしょ」

　妹の言うことにも一理あったので、僕は何も言わずに黙っていた。たしかに僕はごく自然に渡辺昇と同席する機会を避ける方向に向っていたのだ。どう考えても渡辺昇と僕のあいだにそれほど多くの共通する話題があるとは思えなかったし、同時通訳つきの冗談を言うのも結構疲れるものなのだ。

「お願い、一日でいいからつきあってよ。そうしてくれれば夏が終るまであなたの性生活の邪魔はしないから」と妹は言った。

「僕の性生活なんてすごくささやかなものだよ」と僕は言った。「夏を越せないかもしれないくらいさ」

「とにかく今度の日曜日は家にいてくれるわね?」

「仕方ないな」と僕はあきらめて言った。

「彼がたぶんステレオ・セットの修理をしてくれると思うわ。あの人、そういうのがとても得意だから」

「手先が器用なんだ」

「変なこと考えないでよ」と妹は言って電話を切った。

　僕はネクタイをしめて会社に行った。

　その週はずっと晴れていた。毎日が毎日のつづきみたいだった。水曜日の夜に僕はガール・フレンドに電話をかけて、仕事が忙しくて今度の週末も会えそうにないと言った。僕はもう三週間もそのガール・フレンドに会っていなかったから、当然、彼女は不機嫌だった。それから僕は受話器を戻さずに日曜日にデートした女子大生の家のダイヤルをまわしたが、彼女はいなかった。木曜日にも金曜日にも彼女はいなかった。

日曜の朝、僕は八時に妹にたたき起こされた。

「シーツを洗うんだから、いつまでも寝てないでよ」と彼女は言った。そしてベッドのシーツと枕カバーをむしりとり、パジャマを脱がせた。僕は行き場所がないので、シャワーに入り、髭を剃った。あいつもだんだんお袋に似てくるな、と僕は思った。女というのはまるで鮭みたいだ。なんのかのと言ったって、みんな必ず同じ場所に戻りつくのだ。

シャワーを出ると僕はショート・パンツをはいて色褪せて字が殆んど消えてしまったTシャツをかぶり、長い長いあくびをしながらオレンジ・ジュースを飲んだ。体の中にまだいくぶん昨夜のアルコールが残っていた。新聞を広げる気にもなれない。テーブルの上にソーダ・クラッカーの箱があったので、僕はそれを三枚か四枚かじって朝食のかわりにした。

妹はシーツを洗濯機に放りこんで洗い、そのあいだに僕の部屋と自分の部屋のかたづけをした。そしてそれが終ると洗剤を使って居間と台所の床と壁を雑巾で拭きはじめた。僕はずっと居間のソファーに寝転んで、アメリカにいる友だちが送ってくれた無修整の『ハスラー』のヌード写真を見ていた。ひとくちに女性性器といっても、実にいろんな大きさとかたちがある。背の高さや知能指数なんかと同じだ。

「ねえ、そんなところでごろごろしてないで買物行ってきてよ」と妹が言って、僕にぎっしりと書きこまれたメモ用紙をわたした。「それからそんな本は目につかないところにしまっといてね。きちんとした人なんだから」

僕は『ハスラー』をテーブルの上に置いて、メモ用紙をにらんだ。レタス、トマト、セロリ、フレンチ・ドレッシング、スモーク・サーモン、マスタード、玉葱、スープ・ストック、じゃが芋、パセリ、ステーキ肉三枚……。

「ステーキ肉？」と僕は言った。「僕は昨日ステーキ食ったばかりだぜ。ステーキなんて嫌だよ。コロッケの方がいい」

「あなたは昨日ステーキを食べたかもしれないけど。私たちは食べてないのよ。勝手なこと言わないでよ。だいたいお客をわざわざ夕食に呼んでおいてコロッケ出すわけにいかないでしょ？」

「僕は女の子の家に呼ばれてあげたてのコロッケが出てきたら感動するけどね。細切りの白いキャベツが山盛りついてさ、しじみの味噌汁があって……生活というのはそういうものだよ」

「でも今日はとにかくステーキって決めたのよ。コロッケくらいまた今度死ぬほど食べさせてあげるから、今日はわがままを言わずに我慢してステーキを食べて。お願い」

「いいですよ」と僕はあたたかく言った。いろいろと文句は言うけれど、最終的には僕はものわかりの良い親切な人間なのだ。

僕は近所のスーパー・マーケットに行ってメモにあるすべての買物をすませ、酒屋に寄って四千五百円のシャブリを買った。シャブリは僕から婚約した若い二人へのプレゼントのつもりだった。そういうことって、親切な人間にしか思いつけない。

家に帰ってくると、ベッドの上にラルフ・ローレンのブルーのポロシャツとしみひとつないベージュの綿のズボンが畳んで置いてあった。

「それに着がえて」と妹が言った。

やれやれ、と僕は思ったが、文句は言わずに着がえをした。何を言ったところで僕のいつものあたたかい汚れにみちた平和な休日が盆に載って戻ってくるわけではないのだ。

*

渡辺昇は三時にやってきた。もちろんバイクにまたがって、そよ風とともにやってきたのだ。彼のホンダ５００ｃｃのポクポクという不吉な排気音は五百メートルくらい先からはっきりわかった。ベランダから頭を出して下を見ると、彼がアパートの玄関のわきにバイクをとめて、ヘルメットを脱ぐのが見えた。ありがたいことにＳＴＰのステッカーのついたヘルメットをのぞけば彼は今日はまあごく普通の人間に近い服装をしていた。糊のききすぎたチェックのボタンダウン・シャツに、たっぷりとした白いズボンに、房飾りのついた茶色のローファー・シューズという格好だった。靴とベルトの色があっていないだけだ。

「フィッシャーマンズ・ウォーフの知りあいが来たみたいだよ」と僕はキッチンの流し台でじゃが芋の皮をむいている妹に言った。

「じゃあ、しばらくあなたが相手しててくれる？　私は夕食の下ごしらえしちゃうから」と妹は言った。

「あまり気が進まないな。何を話していいかわからないもの。僕が食事の仕度してやるから、二人で話してろよ」

「馬鹿言わないでよ。そんなことしたら格好がつかないでしょ。あなたが話すのよ」

ベルが鳴って、入口を開けると、そこに渡辺昇が立っていた。僕は彼を居間に上げ、ソファーに座らせた。彼は手みやげにサーティーワン・アイスクリームの詰めあわせを持ってきたが、うちの冷凍庫は狭いうえに冷凍食品がぎっしりと入っていたので、それを詰めこむのにひどく苦労をした。まったく世話のやける男だ。なんだって選りに選ってアイスクリームなんて持ってくるんだ。

それから僕は彼にビールを飲まないかと勧めた。飲まない、と彼は答えた。

「体質的にお酒が駄目なんです」と彼は言った。「なにしろグラスいっぱいビールを飲んだだけで気持悪くなっちゃうくらいですから」

「僕は学生時代ともだちと賭けをして金だらいいっぱいビールを飲んだことあるけど」と僕は言った。

「それでどうなったんですか?」と渡辺昇が訊いた。

「丸二日、小便がビール臭かったな」と僕は言った。「おまけにげっぷが……」

「ねえ、今のうちにステレオ・セットの具合見てもらったら?」と妹が不吉な煙をかぎつけるようにやってきて、オレンジ・ジュースのグラスをふたつテーブルの上に置きながら口をはさんだ。

「いいですよ」と彼は言った。

「手先が器用なんだって?」僕は訊いた。

「そうなんです」と彼は悪びれずに答えた。「昔からプラモデルやラジオを組み立てるのが好きだったんです。家じゅうの壊れたものを修理してまわってました。ステレオのどこが悪いんですか？」

「音が出ないんだ」と僕は言った。そしてアンプのスイッチを入れてレコードをかけ、音が出ないことを示した。

彼はマングースみたいな格好でステレオ・セットの前に座りこんで、ひとつひとつのスイッチをためした。

「アンプ系統ですね。それも内部的なトラブルじゃない」

「どうしてわかるの？」

「帰納法です」と彼は言った。

いい帰納法と僕は思った。

それから彼は小型のプリ・アンプとパワー・アンプをひっぱりだして結線を全部はずし、ひとつひとつ丁寧に調べていた。そのあいだ僕は冷蔵庫からバドワイザーの缶を出して一人で飲んでいた。

「お酒が飲めるのってやはり楽しいんでしょうね」と彼はシャープ・ペンシルの先でプラグをつつきながら言った。

「どうだろうな」僕は言った。「昔からずっと飲んでるからなんとも言えないよね。比べようがないから」

「僕も少しは練習してるんです」

「酒を飲む練習を？」

「ええ、そうです」と渡辺昇は言った。

「変ですか？」

「変じゃないよ。まず白ワインで始めるといいな。大きなグラスに白ワインと氷を入れて、それをペリエで割ってレモンをしぼって飲むんだ。僕はジュースがわりに飲んでるけどさ」

「ためしてみます」と彼は言った。「ああ、うん、やっぱりこれだ」

「何が？」

「プリとパワーのあいだのコネクティング・コードです。右も左もピンプラグが根もとから抜けちゃってますね。このプラグは構造的に上下の揺さぶりに弱いんです。しかし、いいかげんに作ってあるなあ、このアンプ最近むりに動かしませんでした？」

「そういえばそのうしろを掃除するときに動かしたわ」と妹が言った。

「それだな」と彼は言った。

「それあなたの会社の製品でしょ？」と妹が僕に言った。「そんな弱いプラグつけとくのが悪いのよ」

「僕が作ったわけじゃない。僕は広告を作ってるだけさ」と僕は小さな声で言った。

「はんだごてがあればすぐになおりますよ」と渡辺昇が言った。「ありますか？」

ない、と僕は言った。そんなものがあるわけないのだ。

「じゃあバイクでひとっ走りして買ってきます。はんだごてってひとつあると便利ですから」

「そうだろうね」と僕は力なく言った。「でも金物屋はどこにあったっけな」

「わかります。さっき前を通ってきましたから」と渡辺昇は言った。

僕はまたベランダから顔を出して渡辺昇がヘルメットをかぶり、バイクにまたがって去って行くのを眺めていた。

「良い人でしょ？」と妹は言った。

「心なごむよ」と僕は言った。

＊

ピンプラグの修理が無事終了したのが五時前だった。彼が軽いボーカルを聴きたいというので、妹はフリオ・イグレシアスのレコードをかけた。フリオ・イグレシアス！と僕は思った。やれやれ、どうしてそんなモグラの糞みたいなものがうちにあるんだ？

「お兄さんはどういう音楽が好きなんですか？」と渡辺昇が訊いた。

「こういうの大好きだよ」と僕はやけで言った。「他にはブルース・スプリングスティーンとかジェフ・ベックとかドアーズとかさ」

「どれも聴いたことないな」と彼は言った。「やはりこういう感じの音楽なんですか？」

「だいたい似てるね」と僕は言った。

それから彼は今彼の属しているプロジェクト・チームが開発中の新しいコンピューター・システムの話をした。鉄道事故が起ったときに最も効果的に折りかえし運転をするためのダイアグラムを瞬時に計算するシステムで、話を聞いているとたしかに便利そうではあったが、その原理は僕にとってはフィンランド語の動詞変化と同じくらいよくわからなかった。彼が熱心に話しているあいだ、僕は適当に肯きながらずっと女のことを考えていた。今度の休日は誰とどこで酒を飲んで、どこで食事をして、どこのホテルに入るといったようなことだ。僕はきっと生まれつきそういうのが好きなのだ。プラモデルを作ったり、電車のダイアグラムを作るのが好きな人間が一方にいるように、僕はいろんな女の子と酒を飲んで、彼女たちと寝るのが好きなのだ。そういうのはきっと人知を超えた宿命のようなものなのだろう。

僕が四本目のビールを飲み終えた頃に夕食の仕度ができた。スモーク・サーモンとヴィシ・ソワーズとステーキとサラダとフライド・ポテトというメニューだった。いつものように妹の作る料理は悪くなかった。僕はシャブリを開けて、一人で飲んだ。

「お兄さんはどうして電機メーカーに就職したんですか？　お話をうかがってると、電気のことがあまり好きじゃないようだけど」と渡辺昇がテンダーロイン・ステーキをナイフで切りながら訊ねた。

「この人はたいていの有益で社会的なものごとはあまり好きじゃないのよ」と妹が言った。「だから仕事先なんてどこでもよかったの。たまたまそこにコネがあったんで入っただけ」

「そのとおり」と僕は力強く同意した。

「遊ぶことしか頭の中にはないのよ。何かを真面目につきつめるとか、向上するなんて考えはゼロなの」

「夏の日のキリギリス」と僕は言った。

「そして真面目に生きている人をはすに見て楽しんでるのよ」

「それは違うね」と僕は言った。「他人のことと僕のことは別問題だ。僕は自分の考えに従って定められた熱量を消費しているだけのことさ。他人のことは僕とは関係ない。はすにも見ていない。たしかに僕は下らない人間かもしれないけど、少くとも他人の邪魔をしたりしない」

「下らなくなんかないですよ」と渡辺昇がほとんど反射的に言った。きっと家庭のしつけがいいのだ。

「ありがとう」と言って、僕はワイン・グラスをあげた。「それから婚約おめでとう。一人で飲んじゃってて悪いけど」

「式は十月にあげるつもりなんです」と渡辺昇は言った。「リスも熊も呼べませんけど」

「そのことなら気にしなくていいよ」と僕は言った。やれやれ、この男は冗談を言っているのだ。

「それで、新婚旅行はどこに行くの？　割引料金が使えるんだろう？」

「ハワイ」と妹が簡潔に言った。

それから我々は飛行機の話をした。僕はアンデス山中の飛行機遭難事件についての本を何冊か読んだばかりだったので、その話をした。

「人肉を食べるときは飛行機のジュラルミンの破片の上に肉を載せ、太陽で焙って食べるんだ」と僕は言った。

「ねえ、食事中にどうしてそんな悪趣味な話をしなくちゃいけないの?」と妹が手を止め、僕をにらんで言った。「他の女の子を口説くときにも食事中そういう話をするの?」

「お兄さんはまだ結婚するつもりはないんですか?」と渡辺昇があいだに割って入った。なんだかまるで仲の悪い夫婦が客を呼んだような具合だった。

「チャンスがなくてね」と僕はフライド・ポテトを口に入れながら言った。「幼い妹の面倒も見なくちゃならなかったし、長い戦争もあったし」

「戦争?」と渡辺昇はびっくりしたように訊きかえした。「どの戦争?」

「下らない冗談よ」と妹はドレッシングを振りながら言った。

「下らない冗談だよ」と僕も言った。「でもチャンスがなかったというのは嘘じゃない。僕は性格が偏狭なうえに靴下をあまり洗濯しなかったものだから、一緒に暮してもいいと思ってくれるような素敵な女の子と巡りあうことができなかったんだ。君とちがってね」

「靴下がどうかしたんですか?」と渡辺昇が質問した。

「それも冗談よ」と妹が疲れた声で説明した。「靴下くらい、私が毎日洗濯してるわよ」

渡辺昇は肯いて、一秒半くらい笑った。この次は三秒笑わせてやろうと僕は決心した。

「でも彼女はずっと一緒に暮してたじゃないですか?」と彼は妹の方を指さして言った。

「まあ妹だからね」と僕は言った。

「それはあなたが好き放題やっても私が一切口を出さなかったからよ」と妹が言った。「でも本当の生活というのはそういうものじゃないわ。本当の大人の生活というのはね。本当の生活というのは人と人とがもっと正直にぶつかりあうものよ。そりゃたしかにあなたとの五年間の生活はそれなりに楽しかったわ。自由で、気楽でね。でも最近になって、こういうのは本当の生活じゃないと思うようになったの。なんていうか、生活の実体というものが感じられないのね。あなたはまるで自分のことしか考えてないし、真面目な話をしようとしても茶化すばかりだし」

「内気なだけなんだ」と僕は言った。

「傲慢なのよ」と妹は言った。

「内気で傲慢なんだ」と僕はワインをグラスに注ぎながら渡辺昇に向って説明した。「内気と傲慢の折りかえし運転をしてるんだよ」

「わかるような気はします」と渡辺昇は肯きながら言った。「でも一人になったら——つまり彼女と僕が結婚しちゃったらということだけど——やはりお兄さんも誰かと結婚したいと思うようになるんじゃないですか？」

「そうかもしれない」と僕は言った。

「本当に？」と妹が僕に訊いた。「本当にそう思うんなら私の友だちに良い子がいるから紹介してあげてもいいわよ」

「そのときになったらね」と僕は言った。「今はまだ危険すぎる」

＊

食事が終ると我々は居間に移って、コーヒーを飲んだ。妹は今度はウィリー・ネルソンのレコードをかけた。ありがたいことにフリオ・イグレシアスよりはほんの少しましだった。

「僕も本当はあなたと同じように三十近くなるまでは一人でいたかったんです」と妹が台所で洗いものをしているときに渡辺昇は僕に打ちあけるように言った。

「でも彼女に会って、どうしても結婚したくなったんです」

「いい子だよ」と僕は言った。「少し強情で便秘気味だけど、選択としては間違ってないと思う」

「でも、結婚するのって、なんだか怖いですね」

「良い面だけを見て、良いことだけを考えるようにすれば、何も怖くないよ。悪いことが起きたら、その時点でまた考えればいいさ」

「そうかもしれませんね」

「他人のことだからね」と僕は言った。それから僕は妹のところに行って、しばらく近所を散歩してくると言った。

「十時過ぎまでは帰ってこないから、二人でゆっくり楽しめばいいよ。シーツとりかえたんだろう？」

「変なところにばかり気がつく人ね」と妹はあきれたように言ったが、僕が出ていくことに対してはとくに反対はしなかった。

僕は渡辺昇のところに行って、近所に用事があるので出てくる、少し遅くなるかもしれない、と言った。

「お話しできてよかったです。とても楽しかったです」と渡辺昇は言った。「結婚してもどんどん遊びに来て下さい」

「ありがとう」と僕は想像力を一時的にシャットアウトして言った。

「車に乗っていかないでよ。今日はずいぶん飲んでるんだから」と妹が出がけに声をかけた。

「歩いていくよ」と僕は言った。

近所のバーに入ったのは八時の少し前だった。僕はカウンターに座ってI・W・ハーパーのオン・ザ・ロックを飲んだ。カウンターの中のTVは巨人・ヤクルト戦の中継をうつしていた。もっとも音は消されて、そのかわりにシンディー・ローパーのレコードがかかっていた。ピッチャーは西本と尾花で、得点は三対二でヤクルトが勝っていた。無音のTVを観るというのもなかなか悪くないな、と僕は思った。

僕はその野球中継を眺めながら、オン・ザ・ロックを三杯飲んだ。九時になると三対三の同点のまま七回裏で野球の中継が終り、TVのスイッチが切られた。僕のひとつ置いてとなりの席にはときどきこの店で見かける二十歳前後の女の子が座って同じようにTVを見ていたので、中継が終ると僕は彼女と野球の話をした。彼女は自分は巨人のファンだけど、あなたはどこのチームが好きかと訊ねた。どこだっていい、と僕は答えた。ただ試合そのものを見ているのが好きなんだ、と。

「そういうのどこが楽しいのかしら？」と彼女は訊いた。「そんな風に野球見ても熱中できないでしょ？」

「熱中しなくてもいいんだ」と僕は言った。「どうせ他人のやってることなんだから」

それから僕はオン・ザ・ロックをもう二杯飲み、彼女にダイキリを二杯おごった。彼女は美大で商業デザインを専攻していたので、我々は広告美術の話をした。十時になると僕と彼女はそのバーを出て、もう少しゆったりとした椅子のある店に移った。僕はそこでまたウィスキーを飲み、彼女はグラス・ホッパーを飲んだ。彼女はかなり酔払っていたし、僕だってさすがに酔っていた。十一時になると僕はその女の子を送って彼女のアパートの部屋に行き、当然のことのようにセックスをした。座蒲団とお茶を出されるのと同じようなものだった。

「電気を消してよ」と彼女が言ったので、僕は電気を消した。窓からはニコンの大きな広告塔が見え、となりの部屋からはTVのプロ野球ニュースが大きな音で聞こえてきた。暗い上にかなり酔っていたものだから、いったい何をやっているのか自分でもよくわからないくらいだった。そんなものはセックスとも呼べない。ただペニスを動かして、精液を放出するだけのことだ。

適度に簡略化されたひととおりの行為が終了すると、彼女は待ちかねていたようにすぐに眠りこんでしまったので、僕はろくに精液も拭きとらずに服を着こんで部屋を出た。暗闇の中で女の服とまぜこぜになった僕のポロシャツとズボンとパンツを探しあてるのは一苦労だった。

外に出ると酔いが真夜中の貨物列車みたいに急激に僕の体の中を通り抜けていった。まったくひどい気分だった。『オズの魔法使い』のブリキ男のように体がきしんだ。酔いざましに自動販売機のジュースを一本飲んだが、それを飲み終えるのと殆んど同時に僕は胃の中のものを全部路上に吐いた。ステーキやスモーク・サーモンやレタスやトマトの残骸だ。

やれやれ、と僕は思った。酒を飲んで吐くなんていったい何年ぶりだろう？　俺はいったい最近何をやっているんだろう？　同じことをくりかえしているのに、くりかえすたびに悪くなっていくみたいじゃないか。

それから僕は脈絡もなく、渡辺昇と彼の買ってきたはんだごてのことを考えた。

「はんだごてってひとつあると便利ですから」と渡辺昇は言った。

健全な考えだよ、と僕はハンカチで口を拭きながら思った。君のおかげで今や我が家にもひとつはんだごてができた。しかしそのはんだごてのせいで、そこはもう僕のすまいではないようにさえ感じられる。

たぶんそれは僕の性格が偏狭なせいだろう。

＊

僕がアパートに戻ったのは真夜中すぎだった。もちろん玄関のわきにはオートバイの姿はなかった。僕はエレベーターで四階まで上り、鍵をあけて部屋に入った。台所の流しの上の小さな蛍光灯がひとつついているだけで、あとはまっ暗だった。妹はたぶん愛想をつかして先に寝てしまったのだろう。その気持はわかる。

　僕はグラスにオレンジ・ジュースを注いで一息で飲み干し、それからシャワーに入って石鹼で嫌な匂いのする汗を洗い流し、丁寧に歯を磨いた。シャワーを出て洗面所の鏡を見ると、自分でもぞっとするくらいひどい顔をしていた。ときどき終電車のシートで見かける酔払った汚い中年男の顔だ。肌が荒れ、目が落ちくぼみ、髪には潤いがない。

　僕は首を振って洗面所の電気を消し、バスタオルを一枚腰に巻きつけただけの格好で台所に戻り、水道の水を飲んだ。明日になればなんとかなるさ、と僕は思った。駄目ならまた明日考える。オブラディ、オブラダ、人生は流れる。

「ずいぶん遅かったのね」とうす暗闇の中から妹が声をかけた。彼女は居間のソファーに座って一人でビールを飲んでいた。

「飲んでたんだ」

「あなた、飲みすぎよ」

「知ってる」と僕は言った。そして冷蔵庫からビールの缶を出して、それを手に妹の向いに座った。

　我々はしばらく何も言わずに、ときおりビールの缶を傾けていた。風がベランダの鉢植えの葉を揺らせ、その向うにはぼんやりとした半円形の月が見えた。

「言っとくけど、やらなかったわよ」と妹は言った。

「何を？」

「何もよ。気になってできなかったの」

「へえ」と僕は言った。僕は半月の夜にはなぜか無口になるのだ。

「何が気になるのかって訊かないの？」と妹が言った。

「何が気になるのか？」と僕は訊いた。

「この部屋がよ。この部屋が気になって、ここではできないの、私には」

「ふうん」と僕は言った。

「ねえ、どうしたの？　体の具合でも悪いんじゃないの？」

「疲れてる」と僕は言った。「僕だって疲れる」

妹は黙って僕の顔を見ていた。僕はビールの最後のひとくちを飲んでから、背もたれに首を載せて目を閉じた。

「ねえ、私たちのせいで疲れたの？」と妹が訊いた。

「違うよ」と僕は目を閉じたまま答えた。

「話をするには疲れすぎているの？」と妹が小さな声で言った。

僕は体を起して、彼女の方を見た。そして首を振った。

「ねえ、今日私、あなたにひどいことを言ったかしら？　つまりあなた自身についてとか、あなたとの生活についてとか……？」

「いや」と僕は言った。

「本当？」

「君はここのところずっと正当なことしか言ってない。だから気にすることはない。でもどうして急にそんなこと思ったんだ？」

「彼が帰っちゃってからずっとここであなたの帰りを待っているうちに、ふとそう思ったの。ちょっと言いすぎたんじゃないかってね」

僕は冷蔵庫から缶ビールを二本出し、ステレオ・セットのスイッチを入れて、小さな音でリッチー・バイラーク・トリオのレコードをかけた。真夜中に酔払って帰ってきたときにいつも聴くレコードだ。

「きっと少し混乱してるんだよ」と僕は言った。「生活の変化みたいなものに対してね。気圧の変化と同じさ。僕だって僕なりにいくらかは混乱している」

彼女は肯いた。

「私はあなたにあたってるの？」

「みんな誰かにあたってる」と僕は言った。「でももし君が僕を選んであたってるとしたら、その選択は間違っていない。だから気にすることはない」

「ときどき、なんだかすごく怖いのよ、先のことが」と妹は言った。

「良い面だけを見て、良いことだけを考えるようにするんだ。そうすれば何も怖くない。悪いことが起きたら、その時点で考えるようにすればいいんだ」と僕は渡辺昇に言ったのと同じ科白《せりふ》をくりかえした。

「でもそううまくいくものかしら？」

「うまくいかなかったら、その時点でまた考えればいいんだ」

妹はくすくす笑った。「あなたって昔からかわらず変な人ね」と彼女は言った。

「ねえ、ひとつだけ質問していいかな？」と僕はビールのプルリングを取って言った。

「いいわよ」

「彼の前に何人男と寝た？」

彼女は少し迷ってから、指を二本出した。「二人」

「一人は同じ歳で、もう一人は年上の男だろ？」

「どうしてわかるの？」

「パターンなんだよ」と言って僕はひとくちビールを飲んだ。「僕だって無駄に遊んでるわけじゃない。それくらいのことはわかる」

「標準っていうわけね？」

「健全なんだ」

「あなたは何人くらいの女の子と寝たの？」

「二十六人」と僕は言った。「このあいだ数えてみたんだ。思いだせるだけで二十六人。思いだせないのが十人くらいはいるかもしれない。日記をつけているわけじゃないからね」

「どうしてそんなに沢山の女の子と寝るの？」

「わからない」と僕は正直に言った。「どこかでやめなくちゃいけないんだろうけど、自分でもきっかけがつかめないんだ」

我々はそれからしばらく黙って、それぞれの考えるべきことを考えていた。遠くでバイクの排気音が聞こえたが、それが渡辺昇のものであるわけはなかった。もう午前一時なのだ。

「ねえ、彼のことどう思う？」と妹は訊ねた。

「渡辺昇のこと？」

「そう」

「まあ悪い男じゃない。僕の好みじゃないし、服装の趣味もちょっと変ってるけど」と少し考えてから僕は正直に言った。

「でも一族に一人くらいはああいうのがいても悪くないだろう」

「私もそう思うの。私はあなたという人間が好きだけど、世の中の人がみんなあなたみたいだったら、世界はひどいことになっちゃうんじゃないかしら?」

「だろうね」と僕は言った。

それから我々はビールの残りを飲み、それぞれの部屋に引き上げた。ベッドのシーツは新しく清潔で、しわひとつなかった。僕はその上に体を横たえ、カーテンのあいだから月を眺めた。我々はいったい何処に行こうとしているのだろう、と僕は思った。でもそんなことを深く考えるには僕は疲れすぎていた。目を閉じると、眠りは暗い網のように音もなく頭上から舞い下りてきた。

双子と沈んだ大陸

1

双子とわかれて半年ほど経った頃に、僕は彼女たちの姿を写真雑誌で見かけた。

その写真の中の双子は例の——僕と一緒に暮していたときにいつも着ていた——「208」と「209」という番号のついた揃いの安物のトレーナー・シャツではなく、もっときちんとしたシックな格好をしていた。一人はニットのワンピースを着て、一人はざっくりとしたコットンのジャケットのようなものを着ていた。髪は以前よりずいぶん長くのびていたし、目のまわりには薄く化粧さえしていた。

しかし僕にはそれがあの双子であることがすぐにわかった。一人はうしろを振り向き、あとの一人も横顔しか見えなかったけれど、そのページを開いた瞬間からもう僕にはそのことがわかっていたのだ。何百回となく聴いて頭に叩きこまれたレコードの最初の一音を耳にしたときのように、僕は一瞬にしてすべてを理解することができた。彼女たちがここにいるのだ、と。

それは六本木のはずれに最近開店したばかりのディスコティックの店内の写真だった。雑誌には六ページにわたって「東京風俗最前線」という特集記事が組まれ、そのいちばん最初のページに双子の写真が載っていたのだ。

カメラはいくぶん上方から広い店内を広角レンズで捉えていたが、その場所は説明がなければディスコティックというよりは巧妙につくられた温室か水族館と言っても通用しそうだった。何もかもがガラスで作られているせいだ。床と天井をのぞけば、テーブルも壁も装飾品もぜんぶがガラス製だった。そして至るところに巨大な観葉植物が配されている。

ガラスの仕切りで区切られたブロックのあるものの中では人々はカクテル・グラスを傾け、あるものの中では人々は踊っていた。それは僕に精密な透明の人体模型のようなものを連想させた。ひとつひとつの部分がそれぞれの原則にしたがってきちんと機能している。

その写真の右端の方に卵形の巨大なガラスのテーブルがあり、双子はそこに座っていた。彼女たちの前にはトロピカル・ドリンクの大仰なグラスがふたつと、簡単なスナックを盛った皿がいくつか並んでいた。双子の一人は椅子の背に両手をかけるようにしてくるりとうしろを向き、ガラスの壁の向うのダンス・フロアを熱心に眺め、もう一人の方はとなりの席に座った若い男に何ごとかを話しかけていた。もしそこに写っているのがあの双子でなかったとしたら、それ自体はどこにでもある平凡な光景であるはずだった。二人の女と一人の男がディスコティックのテーブルで酒を飲んでいるだけのことだ。ディスコティックの名前は「ザ・グラス・ケイジ」だった。

僕がその雑誌を手にとったのはまったくの偶然だった。仕事相手との待ちあわせのために入った喫茶店でたまたま時間が余ってしまい、それで店のマガジン・ラックにあった雑誌を手にとって、ぱらぱらとページをめくっていたのだ。そうでもなければ一ヵ月遅れの写真雑誌をわざわざ読んだりはしない。

双子の写ったカラー写真の下にはごくありきたりの説明がついていた。「グラス・ケイジ」はいま東京でもっとも新しい音楽を流し、もっとも先鋭的な人々があつまるディスコティックである、とその記事は語っていた。その名前どおりに店内にはガラスの壁がはりめぐらされ、それは透明な迷路をさえ思わせる。そこではあらゆる種類のカクテルが供され、音響効果にも細心の注意が払われている。入口では入場者がチェックされ、

「シックな服装《なり》」をしていない客や、男だけのグループは入場を許可されない――というとこだった。

僕はウェイトレスに二杯目のコーヒーを注文し、雑誌のこのページを切りとって持って帰りたいのだがかまわないだろうかと訊ねてみた。今責任者がいないのでわからないが、そんなもの切りとったってべつに誰も気にしないと思うと彼女は言った。それで僕はプラスチックのメニュー台を使ってそのページをきれいに切りとり、四つに折って上着の内ポケットにしまった。

事務所に戻ると、ドアはあけっぱなしで、中には誰もいなかった。机の上には雑然と書類がちらかり、流しにはグラスや皿が汚れのこびりついたまま積みあげられ、灰皿は吸殻でいっぱいになっていた。事務の女の子が風邪で三日も休んでいるせいだ。

やれやれ、と僕は思った。三日前まではちりひとつない清潔なオフィスだったのに、これじゃまるで高校のバスケットボール部のロッカー・ルームみたいだ。

僕はやかんに湯をわかし、カップをひとつだけ洗って、インスタント・コーヒーを作り、スプーンがみつからないので比較的清潔そうなボールペンでかきまわして飲んだ。決して美味くはないが、ただの湯を飲んでいるよりはいくぶんましだった。

僕が机の端に腰をかけて一人でコーヒーを飲んでいると、となりの部屋の歯科医院で受付のアルバイトをやっている女の子が戸口から顔をのぞかせた。髪の長い小柄な女の子で、なかなかの美人だ。最初見かけたときはジャマイカ人か何かの血が入っているんじゃないかと思ったくらい肌の色が黒かったが、話を聞いてみると北海道の酪農農家の出身だった。どうしてそんなに色が黒くなったのかは本人にもわからない。しかしいずれにしても、その黒さは仕事用の白衣を着ると余計に目立った。まるでアルベルト・シュヴァイツァーの助手みたいだ。

彼女は僕の事務所で働いている女の子と同じ年だったので、暇があるとときどきこちらに遊びに来て二人で話をしていたし、うちの女の子が休みのときには留守中の電話をとって用件を聞いておいたりもしてくれた。ベルが鳴るととなりからやってきて受話器をとって用件を聞いてくれるのだ。だから我々は事務所を留守にするときにはいつもドアをあけっぱなしにしておいた。泥棒が入ったって盗まれるものなんて何もないからだ。

「ワタナベさんは薬を買いに行くって言って出ていったわよ」と彼女は言った。渡辺昇というのが僕の共同経営者の名前だった。僕と彼はその頃二人で小さな翻訳事務所を経営していた。

「薬？」と僕はちょっとびっくりして訊きかえした。「何の薬？」

「奥さんの薬よ。胃の具合が悪くて、なんだかとくべつの漢方薬がいるんだって。それで五反田の漢方薬局まで行ったの。ちょっと遅くなるかもしれないから先に帰っていてくれって」

「ふうん」と僕は言った。

「それからあなたたちのいないあいだにかかってきた電話はそこにメモしてあるわよ」と言って彼女は電話機の下にはさまれた白いレターペーパーを指さした。

「ありがとう」と僕は言った。「君がいてくれて助かるよ」

「留守番応答装置を買ったらどうかってうちの先生が言ってたわよ」

「あれ嫌いなんだ」と僕は言った。「あたたかみというものがない」

「いいわよ、べつに。私も廊下を走ってると体があたたかくなるもの」

彼女がチェシャ猫のように笑顔だけを残して消えてしまうと、僕はそのメモを手にとり、必要な電話を何本かかけた。印刷所の配送の日時を指定し、下請けの翻訳アルバイトと内容のうちあわせをしたり、リース会社にコピー機の修理を頼んだりといったことだ。

そんな電話をひととおり済ませてしまうと、僕にはもうやるべきことは何も残っていなかったので、仕方なく流しの中に積みあげられた食器を洗ってかたづけた。灰皿の吸殻はごみ箱に捨て、とまった時計の針をあわせ、日めくり式のカレンダーもちゃんとめくった。机の上の鉛筆はペン皿に入れ、書類は項目ごとに整理し、爪切りは引出しの中にしまった。そのおかげで部屋の中はやっと普通の人間の仕事場らしくなった。

僕は机の端に腰をかけて部屋をぐるりと見まわし、「悪くない」と口に出して言った。

窓の外には一九七四年四月のぼんやりと曇った空が広がっていた。雲は平板でつぎめひとつなく、まるで空にすっぽりと灰色のふたをかぶせたように見えた。夕暮近くの淡い光が水中のちりのようにゆっくりと空を漂い、コンクリートと鉄とガラスでできた海底の谷間に音もなくつもっていった。

空も街もそして部屋の中も、みんな同じような色あいの湿っぽい灰色に染まっていた。どこにもつぎめというものが見えなかった。

僕は湯をわかしてもう一杯コーヒーをいれ、今度はちゃんとスプーンでかきまわして飲んだ。カセット・デッキのスイッチを入れると天井につけた小さなスピーカーからバッハのリュート曲が流れた。スピーカーもデッキもテープもみんな渡辺昇が家から持ってきたものだった。

悪くない、と僕は今度は口に出さずに言った。四月の暑くもなく寒くもない曇った夕暮にバッハのリュート曲はよくあっていた。

それから僕はきちんと椅子に座り、上着のポケットから双子の写っている写真を出して机の上に広げた。そして明るいスタンドのライトの下でそれを長いあいだ何を思うともなくぼんやりと眺めていたが、やがて机の引出しの中に写真を拡大するためのルーペがあることを思いだし、それをあててひとつひとつの部分を拡大して細かく点検してみることにした。そんなことをして何かの役に立つとも思えなかったが、かといってとりたてて他にやるべきことも思いつかなかった。

若い男の耳に向けて何かを語りかけている方の双子のかたわれ――どちらがどちらなのかは僕には永遠にみわけがつかない――は口の端の方にうっかりすると見落としてしまいそうなほどの微かな笑みを浮かべていた。彼女の左腕はガラスのテーブルの上に置かれていた。それはたしかにあの双子の腕だった。つるりとして細く、腕時計も指輪もついていない。

それと対照的に、話しかけられている男の方はどことなく暗い顔つきをしていた。ほっそりとして背の高いハンサムな男で、洒落《しやれ》たダーク・ブルーのシャツを着て、右の手首に細い銀色のブレスレットをはめていた。彼は両手をテーブルの上に載せ、前に置かれた細長いグラスをじっと眺めていた。まるでその飲みものが彼の人生を変えてしまうような重大な存在で、それについての何かしらの決定をいま迫られているといったような感じだった。グラスの横に置かれた灰皿からは何かのまじないのようなかたちをした白い煙がたちのぼっているのが見えた。

双子は僕のアパートにいたときより少しやせているように見えたが、正確なところは僕にもわからなかった。写真の角度や照明のせいでたまたまそう見えるのかもしれない。

僕はコーヒーの残りをひとくちで飲み干し、引出しから煙草を一本だしてマッチで火をつけた。そしていったいどうして双子が六本木のディスコティックで酒を飲んだりしているのだろうと考えた。僕の知っている双子はスノッブなディスコティックに出入りしたり目のまわりに化粧したりするようなタイプではなかったからだ。彼女たちは今どこに住んで、何をして暮しているのだろう？　そしてこの男はいったい誰なのだろう？

しかし手の中でボールペンの軸を三百五十回くらいぐるぐると回すあいだじっとその写真を見つめたあとで、僕はおそらくこの男が双子の現在の宿主なのだろうという結論に達した。双子は以前に僕に対してそうしたように、何かのきっかけを捉えてこの男の生活の中に住みついてしまったのだ。それは男に話しかけている方の双子の口に浮かんだ微笑みをじっと見ているとわかった。彼女の微笑みは、広い草原に降るやわらかな雨のようにしっくりと彼女自身に馴染んでいた。彼女たちは新しい場所をみつけたのだ。

僕は彼ら三人の共同生活を細部に至るまではっきりと頭の中に思い浮かべることができた。双子は行く先々によって、流れる雲のようにそのかたちを変えるかもしれない。しかし、彼女たちの中にあってその存在を特徴づけているいくつかのものが決して変化しないであろうことは、僕にはよくわかっていた。彼女たちは今もやはりコーヒークリーム・ビスケットをかじり、今もやはり長い散歩をつづけ、風呂場の床でこまめに洗濯をしていることだろう。それが双子なのだ。

僕はその写真を見ていても、不思議にその男に対する嫉妬《しっと》を覚えなかった。嫉妬ばかりではなく、僕はどのような種類の感興をも覚えなかった。それはただそこに状況として存在しているだけだった。それは僕にとっては違った時代の違った世界から切りとられてきた断片的な情景にすぎなかった。僕は既に双子を失っていたし、何を思いどれだけ手をつくしたところで、それをもとの状態に復することはできないのだ。

僕が少し気になるのは男がいやに暗い顔をしていることだった。彼には暗い顔をする理由なんて何もないはずじゃないか、と僕は思った。君には双子がいるし、僕にはいない。僕は双子を失ったが、君はまだ失っていない。いつか君もまた双子を失うことになるだろうが、それはもっと先のことだし、だいいち君は自分が彼女たちを失うかもしれないなんて考えてもいないだろう。いや、君は混乱しているのかもしれないな。それはわかるような気がする。誰だっていつも混乱している。でも君が今味わっている混乱は致命的な種類の混乱じゃないんだ。そしていつか君自身もそのことに気づくだろう。

しかし僕が何を思ったところで、その男に何かを伝えることなんてできない。彼らは遠い時代の遠い世界の中にいるのだ。彼らはまるで浮遊する大陸のように、僕の知らない暗い宇宙をいずこへともなく彷徨っているのだ。

五時になっても渡辺昇が戻ってこないので、連絡事項をいくつかメモにしてから帰り仕度をしていると、となりの歯医者の受付の女の子がまたやってきて洗面所を使わせてもらっていいかと訊いた。

「いくらでもどうぞ」と僕は言った。

「うちの方の洗面所の蛍光灯が切れちゃってるのよ」と彼女は言って化粧バッグをかかえて洗面所に入り、鏡の前に立ってヘア・ブラシで髪をとかしてから口紅をつけた。彼女は洗面所のドアをずっとあけっぱなしにしていたので、僕は机の端に腰かけてそのうしろ姿を見るともなく眺めていた。白衣を脱いだ彼女はなかなかきれいな脚をしていた。短かめのブルーのウールのスカートの下に膝の裏側の小さなくぼみが見えた。

「何を見てるの？」と口紅をティッシュ・ペーパーで整えながら、彼女は鏡に向って訊いた。

「脚」と僕は言った。

「気に入った？」

「悪くないよ」と僕は正直に答えた。

彼女はにっこり笑って口紅をバッグに戻し、洗面所を出てドアを閉めた。そして白いブラウスの上に、淡いブルーのカーディガンを羽織った。カーディガンはまるで雲のきれはしのようにふわりとして軽そうだった。僕はツイードの上着のポケットに両手をつっこんで、またしばらくそのカーディガンを見ていた。

「ねえ、私を見てるの？　それとも何か考えごとしてるの？」と彼女が訊ねた。

「良いカーディガンだなと思ったんだよ」と僕は言った。

「そうね、高かったわ」と彼女は言った。

「でも本当はそれほど高くなかったの。というのはここに勤める前はブティックで売り子をやっていて、なんでも店員割引で安く買えたから」

「どうしてブティックをやめて歯医者で働いてるの？」

「お給料が安いうえに洋服ばかり買っちゃうからよ。それよりは歯医者さんで働いてる方がいいわ。無料《ただ》同然で虫歯もなおしてもらっちゃったしね」

「なるほど」と僕は言った。

「でもあなたの服装の趣味だってなかなか悪くないわよ」と彼女は言った。

「僕の？」と言って、僕は自分の着ている服に目をやった。僕は自分が朝どんな服を選んだかさえロクに思いだせなかった。大学生の頃に買ったベージュのコットン・パンツに三ヵ月も洗っていない紺のスニーカー、白いポロシャツにグレーのツイードの上着という格好だった。ポロシャツは新しかったが、上着はいつもポケットに手をつっこんでいるせいで致命的に形くずれしている。

「ひどい格好だよ」

「でもあなたによく似合ってるわ」

「たとえ似合ってるとしてもそれは趣味とは呼べない。ただ単に足をひっぱりあってるだけさ」と僕は笑って言った。

「じゃあ新しいスーツを買って、上着のポケットに手をつっこむ癖をなおせば？　それ癖なんでしょ？　せっかく良い上着なのに形が崩れちゃうわよ」

「もう崩れてる」と僕は言った。「ところで仕事が終ったんなら駅まで一緒に帰らないか？」

「いいわよ」と彼女は言った。

僕はカセット・デッキとアンプのスイッチを切り、電灯を消し、ドアに鍵をかけ、それから長い坂道を駅まで下った。僕は習慣的に荷物を持たなかったので、両手をあいかわらず上着のポケットにつっこんでいた。何度か彼女の忠告に従って両手をズボンのポケットに移しかえようと試みはしたのだが、結局はうまくいかなかった。ズボンのポケットに両手を入れているとどうも落ちつきが悪いのだ。

彼女は右手でショルダー・バッグのストラップを握り、まるでリズムをとるみたいに体のわきで左手を軽く振っていた。背筋をまっすぐにのばして歩くせいで彼女は実際以上に背が高く見えたし、歩くテンポも僕よりずっと速かった。

風のないせいか、街はしんとしていた。そばを通りすぎていくトラックの排気音や工事中のビルディングの騒音も、まるで幾重にもかさねられたベールを抜けて届いてくる音のようにくすんで聞こえた。彼女のハイヒールの靴音だけがぼんやりとした春の夕暮の大気に規則正しくなめらかな楔《くさび》を打ちこんでいるようだった。

僕は何も考えずにそんな音に耳を澄ませて歩いていたので、もう少しで角をとびだしてきた小学生の乗った自転車にぶつかってしまうところだった。彼女が左手で僕の肘《ひじ》をつかんで思いきりひっぱってくれなければ、本当に正面からぶつかっていたと思う。

「ちゃんと前を見て歩きなさいよ」と彼女はあきれたように言った。「何を考えて歩いてたの？」

「何も考えていないよ」と僕は深呼吸をしてから言った。「ただぼんやりしてたんだ」

「困った人ね、もう。いったいいくつになったの？」

「二十五」と僕は言った。年末には二十六になる。

彼女はやっと僕の肘から手を離し、我々は再び坂道を下りはじめた。今度は僕もきちんと歩くことに神経を集中した。

「ところで僕は君の名前をまだ知らないんだけど」と僕は言った。

「言わなかったっけ？」

「聞いてない」

「メイ」と彼女は言った。「笠原メイ」

「メイ？」と僕はちょっとびっくりしてききかえした。

「五月のメイよ」

「五月生まれなの？」

「ううん」と言って彼女は首を振った。「八月二十一日生まれよ」

「じゃあどうしてメイなんて名前がついたんだろう？」

「知りたい？」

「まあそりゃね」と僕は言った。

「笑わない？」

「笑わないと思う」

「うちで山羊《やぎ》を飼ってたのよ」と彼女はなんでもなさそうに言った。

「山羊」と僕はもっとびっくりして訊きかえした。

「山羊知ってる？」

「知ってる」

「それがとても頭の良い山羊だったので、うちの人はその山羊を家族同様にかわいがってたの」

「山羊のメイ」と僕は復唱するように言った。

「それに農家の女ばかり六人姉妹の六人目だから名前なんかたぶんどうでも良かったのね」

僕は肯いた。

「でも覚えやすいでしょ？　山羊のメイ」

「たしかに」と僕は言った。

駅についたところで僕は電話番をしてもらった御礼に笠原メイを夕食に誘ったが、彼女は今から婚約者と約束があるのだと言った。

「じゃあこの次にしよう」と僕は言った。

「うん、楽しみにしてるわ」と笠原メイは言った。

そして我々は別れた。

彼女の淡いブルーのカーディガンが勤めがえりの人々の群れの中に吸いこまれるように消えてしまい、もう二度と戻ってこないのを見届けてから、僕は上着のポケットに手をつっこんだまま適当な方向に歩きはじめた。

笠原メイがいなくなってしまうと、僕の体は再びあのつぎめひとつないのっぺりとした灰色の雲のかげに覆われてしまったように感じられた。頭上を見あげると、雲はまだそこにあった。ぼんやりとした灰色に夜のブルーが混じり、注意して見なければそこに雲があることすらわからないほどだったが、それはあいかわらずじっと身をひそめた盲目の巨大な獣のように空にかぶさり、月や星の姿を背後に覆いかくしていた。

まるで海底を歩いているみたいだな、と僕は思った。前もうしろも右も左もみんな同じように見える。気圧も呼吸法もまだしっくりと体になじんでいない。

一人になると食欲はまったくなくなってしまった。何も食べたくない。アパートにも帰りたくないし、かといって他に行くべきところもない。それで仕方なく、何かを思いつくまで僕は街を歩いてみることにした。

ときどきは立ちどまってカンフー映画の看板を眺めたり、楽器店のショウ・ウィンドウをのぞきこんだりしたが、それ以外の大方の時間を僕はすれちがう人々の顔を眺めて歩いた。何千という数の人々が僕の目の前に現われては消えていった。彼らは一方の意識の辺境から他方の意識の辺境へと移動しているように僕には感じられた。

街は変ることのないいつもの街であった。混じりあってそのひとつひとつの本来の意味を喪失してしまった人々のざわめきや、どこからともなく次々にあらわれて耳をとおり抜けていくこまぎれの音楽や、ひっきりなしに点滅をくりかえす信号とそれをあおりたてる自動車の排気音、そんな何もかもが空からこぼれ落ちてくる無尽蔵のインクのように夜の街に降りかかっていた。夜の街を歩いていると、そのようなざわめきや光や匂いや興奮の何分の一かは本当は現実に存在しないものであるように僕には思えた。それらは昨日や一昨日や、先週や先月からの遠いこだまなのだと。

しかし僕にはそのこだまの中に聞き覚えのある何かを認めることはできなかった。それはあまりにも遠く、あまりにも漠然としていた。

どれくらいの時間をかけてどれくらいの距離を歩いたのか、僕にはわからなかった。

僕にわかるのは、僕が何千という数の人々とすれちがったということだけだった。そして僕に推測できるのはあと七十年か八十年も経てばそんな何千という数の人々はまず間違いなく全員この世界から消滅しているであろうということであった。七十年か八十年というのはそれほど長い歳月ではない。

通りを行く人々の顔を眺めるのにも疲れると——おそらく僕はその中に双子の顔を求めていたのだと思う、それ以外に僕が人々の顔を眺める理由なんて何もないから——僕はほとんど無意識に人気《ひとけ》のない細い横道に折れて、ときどき一人で酒を飲みに入る小さなバーに入った。そしてカウンターに座っていつもと同じようにバーボン・ウィスキーのオン・ザ・ロックを注文し、チーズ・サンドイッチを何きれか食べた。店内には客の姿は殆んどなく、しんとした空気が長い時を経た木材や漆喰によくなじんでいた。何十年か前に流行ったようなジャズ・ピアノ・トリオの音楽が天井のスピーカーから小さく流れ、グラスの触れあう音や氷を割る音がときおりそれに混じった。

すべては失われてしまったものなのだと僕は考えるようにつとめた。すべては失われたものだし、失われつづけるべき筋あいのものなのだ。損われてしまったものをもとどおりにすることは誰にもできない。地球はそのために太陽のまわりを回転しつづけているのだ。

僕に必要なのは結局はリアリティーなのだと僕は思った。地球が太陽のまわりを回転し、月が地球のまわりを回転している、といったタイプのリアリティーだ。

もし仮に——と僕は仮定した——僕がどこかでばったりと双子に会えたとする。でもそれからいったいどうすればいいのだ？

もう一度一緒に暮さないか、と彼女たちにもちかけてみればいいのだろうか？

しかしそんな提案が無意味なことは僕にはよくわかっていた。無意味で不可能だ。彼女たちは既に僕を通過してしまったのだ。

そしてもし仮に——と僕は第二の仮定をした——双子が僕のもとに戻ることに同意したとする。考えられないことだが、とにかくそう仮定してみる。それからどうなる？

僕はサンドイッチのわきについたピックルスをかじり、ウィスキーをひとくち飲んだ。無意味だ、と僕は思った。何週間か何ヵ月かあるいは何年か、彼女たちは僕のアパートにとどまるかもしれない。そしてある日、彼女たちはまた姿を消すのだ。この前と同じように何の前置きもなく何の説明もなく、風に吹きとばされるのろしのようにどこかに去っていくのだ。同じことが同じようにくりかえされるだけだ。無意味だ。

それがリアリティーというものだ。僕は双子のいない世界を受け入れていかなければならないのだ。

僕は紙ナプキンでカウンターの上の水滴を拭きとり、上着の内ポケットから双子の写真をとりだして置いた。そして二杯目のウィスキーを飲みながら、双子の一人はとなりのこの若い男に向っていったい何を語りかけているのだろうと考えてみた。じっと写真を見つめていると、彼女はまるで男の耳に空気かあるいは目には見えない細かい霧状のものを送りこんでいるように見えた。男がそれに気づいているのかいないのかは写真からはわからなかった。しかしたぶんこの男は何も気づいてはいないだろうと僕は推測した。ちょうど僕がその頃何ひとつとして気づくことができなかったのと同じように。

少しずれてしまった記憶の断片を頭の中でいじりまわしているうちに――そういう行為がもたらす必然的な結果として――僕は両側のこめかみの内部にぼんやりとしただるさを感じた。それはまるで僕の頭の中にとじこめられている一対の何かがそこから抜けだそうとして身をよじっているようにも思えた。

たぶんこんな写真は焼き捨ててしまうべきなのだろうと僕は思った。しかし僕にはそれを焼くことはできなかった。もし僕にそれを焼き捨てるだけの力があるなら、はじめからこんな袋小路に入りこんだりはしないのだ。

僕は二杯目のウィスキーを飲んでしまうと手帳と小銭を持ってピンク電話の前に行き、ダイヤルをまわした。しかし信号音が四回鳴ったところで思いなおして受話器を戻し、電話を切った。そして手帳を手にしばらく電話機をにらんでいたが、良い考えも思い浮かばなかったので、カウンターに戻って三杯目のウィスキーを注文した。

僕は結局何も考えないことにした。何を考えたところで、どこかにたどりつけるわけではないのだ。僕はしばらくのあいだ頭をからっぽにして、その空白の中に何杯かのウィスキーを注ぎこんだ。そして頭上のスピーカーから流れる音楽に耳を澄ませた。そのうちにたまらなく女を抱きたいような気持になったが、誰を抱けばいいのかがわからなかった。べつに誰でもよかったのだが、そのうちの誰か一人をセックスの相手として具体的に想定することはできなかった。誰でもいいけれど、誰かでは困るのだ。やれやれ、と僕は思った。僕の知っている女が全部あつまってひとつに混じりあった肉体となら交わることはできそうだったが、どれだけ手帳のページを繰ったってそんな相手の電話番号がみつかるわけはなかった。

僕はため息をついて、何杯目なのか忘れてしまったオン・ザ・ロックの残りをひとくちで飲み干し、勘定を払って店を出た。そして通りの信号の前に立ち、「この次に何をすればいいのだろう」と思った。ほんのこの次にだ。五分後に、十分後に、十五分後に、僕はいったい何をすればいいのか？　どこに行けばいいのか？　何をしたいのか？　どこに行きたいのか？　何をすることになるのか？　どこに行くことになるのか？

しかし僕にはひとつとしてその答を思いつくことはできなかった。

2

「いつも同じ夢を見るんだ」と僕は目を閉じたまま女に言った。

長いあいだ目をつむっていると、まるで自分が微妙なバランスをとりながら不安定な空間に浮かんでいるような気がした。たぶんそれはやわらかいベッドの上に裸で寝転んでいるせいだろう。それから女のつけたオーデコロンの強い匂いのせいもあるかもしれない。その匂いはまるで微妙な羽虫のように僕の暗闇の中にもぐりこんで、僕の細胞を伸ばしたり縮めたりしていた。

「その夢を見る時間はいつもだいたい決まっている。朝の四時か五時――明け方の少し前だね。ぐっしょりと汗をかいてとび起きると、まだあたりは暗い。でもまったく暗いというわけじゃない。そんな時間だよ。もちろんどの夢もまるっきり同じっていうんじゃない。細かいところはそのときどきによってひとつひとつ違う。状況も違うし、役柄も違う。でも基本的なパターンは同じなんだ。登場人物も同じだし、結末も同じだ。シリーズものの低予算映画みたいにさ」

「私もときどき嫌な夢見るわよ」と女は言って、ライターで煙草に火をつけた。ライターの石をこする音が聞こえ、煙草の煙の匂いがした。それから手のひらで何かを軽く二、三度払う音が聞こえた。

「今朝見た夢にはガラスばりのビルがでてきた」と女の発言にはとりあわずに僕はつづけた。「すごく大きなビルなんだ。新宿の西口に建っているようなやつさ。壁が全部ガラスでできている。夢の中で道を歩いていて僕はたまたまそのビルをみつけた。でもそれはきちんと完成したビルってわけじゃない。だいたいはできているけれど、まだ工事中なんだよ。ガラスの壁の中では人が忙しそうに働いている。ビルの内部は仕切りがあるだけで、まだほとんどがらんどうなんだ」

女はすきま風のような音を立てて煙を吹きだし、それから咳払いをした。「ねえ、私なにか質問したりした方がいいのかしら?」

「べつにむりに質問しなくていい。じっと聞いていてくれればそれでいいんだ」と僕は言った。

「いいわよ」と女は言った。

「僕は暇だったからその大きなガラスの前に立ちどまってじっと中の作業を見ることにした。僕ののぞいている部屋の中ではヘルメットをかぶった作業員が装飾用の洒落たレンガを積んでいるところだった。彼はずっとうしろを向いて作業をしていたから顔は見えなかったけれど、体つきや身のこなしを見ていると若い男であるらしいことはわかった。やせて背が高い。そこにいるのはその男一人きりだった。他には誰もいなかった」

「夢の中では空気がいやにかすんでいた。まるでどこかからたき火の煙がまぎれこんでいるみたいにね。ぼんやりと白く濁っているんだ。だから遠くの方はよく見えない。でもじっと目をこらしていると、空気は少しずつ透明になっていった。本当に透明になっていったのか、あるいはその不透明さに僕の目が慣れてきたのか、そのどちらなのかは僕にはわからない。でもとにかくそのおかげで僕は部屋の隅々を前よりはっきりと見わたせるようになった。若い男はまるでロボットか何かみたいにまったく同じ動作でレンガをひとつひとつ積みあげていた。それはかなり広い部屋だったんだけれど、男はすごく手速く要領よくレンガを積んでいたから、作業はあと一、二時間あれば完成してしまいそうだった」

　僕はそこで一服し、目を開いてベッドの枕もとに置いたグラスにビールを注いで飲んだ。女は僕の話を真剣に聞いていることを示すために、じっと僕の目を見ていた。

「男が積んでいるレンガのうしろにはもともとのビルの壁があった。例のざらっとしたコンクリートの壁だよ。つまり男はそのもともとの壁の前に新しい装飾的な壁を作っているわけなんだ。僕の言いたいこと、わかるね？」

「わかるわ。二重に壁を作ってるわけでしょ？」

「そう」と僕は言った。「二重に壁を作っているんだ。よく見ると、そのもともとの壁と新しい壁のあいだには約四十センチくらいの空間があいていた。どうしてそんな空間をわざわざあけなくてはいけないのか、僕にはわからなかった。そんなことをしたら部屋がずっと狭くなってしまうわけだからね。それで僕は不思議に思って、もっと目をこらしてその作業を見まもっていた。するとそのうちにだんだん人の姿のようなものが見えてきたんだ。まるで現像液の中に入れた写真に人の姿が浮かびあがってくるみたいにね。その人影は新しい壁と古い壁のあいだにはさみこまれていたんだ」

「それは双子だった」と僕はつづけた。「双子の女の子だった。十九か二十か二十一か、それくらいだった。二人は僕の服を着ていた。一人はツイードの上着を着て、一人は紺のウィンドブレーカーを着ていた。どちらも僕の服だった。彼女たちはその四十センチほどのすきまに不自由な格好でとじこめられていたんだけれど、それでも自分たちが壁の中に塗りこめられようとしていることにはまるで気づいていないみたいで、二人でいつものようにぺちゃくちゃとおしゃべりをしていた。作業員も自分がその双子を塗りこめつつあることには気づいていないみたいだった。ただ黙々とレンガを積んでいるだけだった。それに気づいているのは僕だけみたいだった」

「どうしてその作業員が双子のいることに気づいていなかったってわかるの？」と女が質問した。

「ただわかるんだよ」と僕は言った。「夢の中ではいろんなことがただわかるんだ。それで僕はなんとかしてその作業をやめさせなくちゃいけないと思った。僕は両手のこぶしでそのガラスの壁を思いきりどんどんと叩いた。腕がしびれてしまうくらい強く叩いた。でも強く叩いてもまったく音がしないんだ。どうしてだかはわからないけれど、音が死んでしまっているんだ。だから作業員も気づいてはくれなかった。彼は同じスピードでひとつまたひとつと機械的にレンガを積みあげていた。左手でめじを塗って、右手でその上にレンガを載せていくんだ。レンガは双子の膝のあたりまで積みあげられていた」

「それで僕はガラスの壁を叩くのをあきらめて、ビルの中に入ってその作業をやめさせることにした。でも入口はみつからなかった。ひどく大きなビルなのに、そこには入口というものがひとつもないんだ。僕は力の限りに走って、何度もそのビルのまわりをまわってみた。でも結果は同じだった。そこにはやはり入口というものがないんだ。まるで巨大な金魚鉢みたいにね」

僕はまたビールをひとくち飲んで喉を湿らせた。女はまだじっと僕の目を見ていた。

彼女は体の向きを変え、僕の腕に乳房を押しつけるような格好になった。

「それでどうしたの？」と女は訊ねた。

「どうしようもなかった」と僕は言った。

「本当にどうしようもなかったんだ。どれだけ探しても入口はないし、音は死んでいた。僕はガラスに両手をつけて、じっと見ているしかなかった。壁はどんどん高くなっていった。それは双子の腰の高さにまで上り、胸にまで上り、首にまで上り、やがては全部を覆い尽し、天井にまで届いた。それはあっという間の出来事だった。僕にはどうすることもできなかった。作業員は最後の一個のレンガをはめこんでしまうと、荷物をまとめてどこかに消えてしまった。そのあとには僕とガラスの壁だけがとり残された。僕には本当にどうすることもできなかったんだ」

女は手をのばして、僕の髪を手でまさぐった。

「いつも同じなんだ」と僕はまるでいいわけでもするみたいに言った。「細部は変る、設定も変る、役柄も変る——でも結末はいつも同じなんだ。そこにはガラスの壁があって、僕には誰かに何かを伝えることができない。いつも同じさ。目が覚めると、僕の手のひらにはいつも冷やりとしたガラスの感触が残っている。それは何日も何日も手のひらに残っているんだ」

彼女は僕がしゃべり終えたあともずっと指で僕の髪をまさぐっていた。

「きっと疲れてるのよ」と女は言った。「私だってそうよ、疲れてるといつも嫌な夢を見るわ。でもそれは本当の生活とは関係のないことなのよ。ただ体とか頭とかが疲れているだけなのよ」

僕は肯いた。

それから女は僕の手をとって、彼女の陰部につけた。彼女のヴァギナは暖かく湿っていたが、そのことも僕の気持をひきたててはくれなかった。ただほんの少し不思議な気持になっただけだった。

それから僕は彼女に夢の話を聞いてくれた礼を言って、少し余分に金を渡した。

「話を聞いてあげるくらい無料《ただ》でいいわよ」と女は言った。

「払いたいんだ」と僕は言った。

彼女は肯いて金を受けとり、それを黒いバッグにつっこみ、ぱちんという気持の良い口金の音を立てて閉めた。まるで僕の夢そのものがそこに仕舞いこまれてしまったような気がした。

女はベッドを出て下着をつけ、ストッキングをはき、スカートとブラウスとセーターを着こみ、鏡の前に立って髪をとかした。鏡の前に立って髪をとかしているときの女は誰もみんな同じように見える。

僕は裸でベッドの上に身を起し、女のうしろ姿をぼんやりと眺めていた。

「私は思うんだけど、そんなのきっとただの夢よ」と女は出がけに言った。そしてドアのノブに手をかけたまま少し考えていた。

「あなたが気にしているほどの意味なんてべつにないんじゃないかしら」

僕が肯くと、彼女は出ていった。そしてドアが閉まるかちゃりという音が聞こえた。女の姿が消えてしまってからも、僕はベッドの上にあおむけになって、長いあいだ部屋の天井を眺めていた。どこにでもある安っぽいホテルの、どこにでもある安っぽい天井だった。

窓のカーテンのすきまから、湿った色あいの街の灯が見えた。ときおりの強い風が十一月の凍《い》てついた雨粒を無造作にガラス窓に叩きつけていた。僕は手をのばして枕もとの腕時計をとろうとしたが、結局面倒臭くなってやめた。今が何時だろうがたいした問題ではないし、考えてみれば僕は傘さえ持っていないのだ。

僕は天井を眺めながら海に沈んでしまった古代の伝説の大陸のことを思った。どうしてそんなもののことを考えついたのか、僕にはよくわからない。たぶん十一月の冷たい雨の降る夜に傘を持っていなかったせいだろう。あるいは明け方の夢の冷ややかさを残したままの手で名前も知らない女の体を——どんな体だったのかも思いだせない——抱いたせいだろう。だからこそ僕は自分が遠い昔に海の底に没した伝説の大陸のことを想うのだ。光は淡く滲《にじ》み、音はくぐもり、空気は重く湿っているのだ。

それが失われてからいったい何年が経つのだろう？

しかし僕にはそれが失われた年を思いだすことができなかった。それはおそらく双子が僕のもとを去るずっと以前に既に失われていたのだ。双子は僕にそれを知らせてくれただけのことなのだ。失われた何かについて我々が確信を持てるのは、それが失われた日時ではなく、失われていることに我々が気づいた日時だけだ。

まあいい。そこから始めよう。

三年だ。

三年という歳月が僕をこの十一月の雨の夜に運びこんできたのだ。

しかしおそらく僕はこの新しい世界にも少しずつ馴染んでいくことだろう。時間はかかるかもしれないが、少しずつ僕は肉や骨をこの重く湿った宇宙の断層の中にもぐりこませていくことだろう。結局のところ、人はどのような状況の中にも自らを同化させていくものなのだ。どんな鮮明な夢も、結局は不鮮明な現実の中に呑みこまれ、消滅していくものなのだ。そしていつか、そんな夢が存在していたことすら、僕には思いだせなくなってしまうだろう。

僕は枕もとのライトを消し、目を閉じてベッドの上でゆっくりと体をのばした。そして夢のない眠りの中へと意識を沈みこませていった。雨が窓を打ち、暗い海流が忘れられた山脈を洗った。

ローマ帝国の崩壊・一八八一年のインディアン蜂起・ヒットラーのポーランド侵入・そして強風世界

(1) ローマ帝国の崩壊

風が吹きはじめたことに気づいたのは日曜日の午後のことだった。正確にいうと午後二時七分である。

そのとき僕はいつものように——つまりいつも日曜日の午後にそうするように——台所のテーブルの前に座って害のない音楽を聴きながら一週間ぶんの日記をつけていた。僕は毎日の出来事を簡単にメモしておいて、日曜日にそれをきちんとした文章にまとめることにしているのだ。

火曜日までの三日ぶんの日記をつけおえたところで、僕は窓の外を吹き抜けていく激しい風のうなりに気づいた。僕は日記をつけるのを中断し、ペンにキャップをし、ベランダに出て洗濯ものをとりこんだ。洗濯ものはまるでちぎれかけたすい星の尻尾みたいにばたばたと乾いた音を立てて宙に躍っていた。

風は僕の知らないあいだに少しずつ勢いを増していたようだった。というのは朝——正確に言うと午前十時四十八分——洗濯ものをベランダに干したときには、風なんてぴくりとも吹いてはいなかったからだ。そのことについて僕は溶鉱炉のふたにも似た頑丈で確実な記憶を有している。そのとき僕は「こんな風のない日には洗濯ものをピンチでとめる必要もないな」とふと思ったからだ。

風なんて本当にひとかけらも吹いてはいなかったのだ。

僕は洗濯ものを手際よくたたんで積みあげてから、アパートの窓をぜんぶきちんと閉めてまわった。窓をぜんぶ閉めてしまうと、風の音はもう殆んど聞こえなくなった。窓の外では無音のうちに樹木が——ヒマラヤ杉と栗の木だ——まるで痒みに耐えかねる犬のようにその身をくねらせ、雲のかけらが目つきの悪い密使のように大急ぎで空をかけぬけ、向いのアパートのベランダでは何枚かのシャツが置き去りにされた孤児のようにビニールのロープにぐるぐると巻きついてしがみついていた。

まるで嵐だな、と僕は思った。

でも新聞を開いて天気図をにらんでみても、どこにも台風のしるしなんてない。降水確率はみごとにゼロ・パーセントときている。天気図で見るかぎり、それは全盛時のローマ帝国のように平和な日曜日であるはずだった。

僕は三十パーセントくらいの軽いため息をついて新聞をたたみ、洗濯ものをタンスに整理してしまい、害のない音楽のつづきを聴きながらコーヒーを入れ、そしてコーヒーを飲みながら日記のつづきを書いた。

木曜日に僕はガール・フレンドと寝た。彼女は眼かくしをつけてセックスをするのが大好きだった。それで彼女はいつも飛行機のオーバーナイト・バッグに入っている布の眼かくしを持って歩いていた。

僕はとくにそういう趣味があるわけではないけれど、でも眼かくしをつけた彼女はすごく可愛かったから、それについては何の異議も持たなかった。どうせ人間なんて、みんなちょっとずつどこかが変っているのだ。

僕は日記の木曜日のページにだいたいそんなことを書いた。八十パーセントの事実と二十パーセントの省察というのが、日記記述についてのポリシーだ。

金曜日に僕は銀座の書店で古い友人に会った。彼はひどく妙な柄のネクタイをしめていた。ストライプ地に無数の電話番号が――

というところで電話のベルが鳴った。

(2) 一八八一年のインディアン蜂起

電話のベルが鳴ったとき、時計は二時三十六分を指していた。たぶん彼女だろうと――つまり眼かくしの好きな僕のガール・フレンドだろうと――僕は思った。というのは彼女は日曜日にうちに遊びにくることになっていたし、うちに来るときにはいつも前もって電話をかけてくるのが習慣だったからだ。彼女は夕食の材料を買ってくるはずだった。その日我々はカキ鍋を食べようと話を決めていたのだ。

とにかくその電話のベルが鳴ったのは午後二時三十六分だった。目覚まし時計が電話のとなりに置いてあって、僕は電話のベルが鳴るたびに時計を見ることにしているから、それについても僕の記憶は完璧である。

しかし僕が受話器をとったとき、そこから聞こえてくるのは激しい風音だけだった。「ゴオオオオオウ」という風音だけが、一八八一年のインディアンの一斉蜂起みたいに受話器の中に荒れ狂っていた。彼らは開拓小屋を焼き、通信線を切り、キャンディス・バーゲンを犯していた。

「もしもし」と僕は言ってみたが、僕の声は圧倒的な歴史の怒濤の中に空しく吸いこまれていった。

「もしもし」

と僕は大声でどなってみたが、結果は同じだった。

じっと耳を澄ましているとほんのわずかの風の切れめから女の声らしきものがちらりと聞こえたような気がしたが、それもあるいは僕の錯覚かもしれなかった。とにかく風の勢いが激しすぎるのだ。そしてたぶんバッファローの数が減りすぎたのだ。

僕はしばらく何も言わずに受話器にじっと耳をあてていた。耳が受話器にはりついてとれなくなってしまうんじゃないかという気がするくらいしっかりとだ。でも十五秒か二十秒そんな状態がつづいたあとで、まるで発作のたかまりの究極で、生命の糸が引きちぎられるかのように、ぷつんとその電話は切れた。そしてあとには漂白されすぎた下着のような暖かみのないがらんとした沈黙だけが、残った。

(3) ヒットラーのポーランド侵入

やれやれ、と僕はまたため息をついた。そして日記のつづきにとりかかった。急いでつけ終えてしまった方がよさそうだった。

土曜日にはヒットラーの機甲師団がポーランドに侵入していた。急降下爆撃機がワルシャワの街に――

いや、違う。そうじゃない。ヒットラーのポーランド侵入は一九三九年九月一日のできごとだ。昨日のことではない。昨日僕は夕食のあとで映画館に入ってメリル・ストリープの『ソフィーの選択』を観たのだ。ヒットラーがポーランドに侵入したのはその映画の中の出来事だ。

メリル・ストリープはその映画の中でダスティン・ホフマンと離婚するのだが、通勤列車の中でロバート・デニーロ扮する中年の土木技師と知りあって再婚することになる。なかなか面白い映画だった。

僕のとなりの席には高校生のカップルがいて、お互いのおなかをずっと触りあっていた。高校生のおなかって、なかなか悪くない。僕だって昔は高校生のおなかを持っていたのだ。

(4) そして強風世界

先週のぶんの日記をぜんぶつけてしまうと、僕はレコード棚の前に座って、強風の吹き荒れる日曜日の午後に聴くにふさわしいと思える音楽を選んでみた。結局ショスタコヴィッチのチェロ・コンチェルトとスライ・アンド・ザ・ファミリー・ストーンのレコードが強風にふさわしい選択であるように思えたので、僕はその二枚のレコードをつづけて聴いた。

窓の外をときどきいろんな物体が飛び去っていった。白いシーツが草の根を煮たてている呪術師《じゆじゆつし》のような格好で東から西に向って飛んでいった。ぺらぺらとした細長いブリキの看板は肛門性愛の愛好者のようにそのひ弱な脊椎《せきつい》をのけぞらせていた。

僕がショスタコヴィッチのチェロ・コンチェルトを聴きながらそんな窓の外の風景を眺めていると、また電話のベルが鳴った。電話のとなりの目覚まし時計は三時四十八分を指していた。

僕はまたあのボーイング747のジェット・エンジンのような風音を予想して受話器をとったのだが、今度は風音はまったく聞こえなかった。

「もしもし」と女が言った。

「もしもし」と僕も言った。

「これからカキ鍋の材料を持ってそちらに行きたいんだけどかまわないかしら？」と僕のガール・フレンドが言った。彼女はカキ鍋の材料と眼かくしを持ってうちに向っているのだ。

「かまわないよ。でも——」

「土鍋持ってる？」

「持ってるよ」と僕は言った。「でも、どうしたの？　風の音が聞こえないね」

「ええ、もう風はやんだもの。中野では三時二十五分にやんだから、もうそろそろそちらでもやむんじゃないかしら？」

「そうかもしれないね」と僕は言って電話を切り、台所の天袋から土鍋を出して流しで洗った。


風は彼女が予告したように四時五分前にぱたりとやんだ。僕は窓を開けて外の風景を眺めた。窓の下では黒い大きな犬が、地面の匂いを熱心にくんくんとかぎまわっていた。犬は十五分か二十分くらい飽きもせずにその作業をつづけていた。犬がどうしてそんなことをしなくてはならないのか、僕にはよくわからなかった。

しかしそのことをべつにすれば、世界の容貌とそのシステムは風の吹きはじめる前と何ひとつとして変ってはいなかった。ヒマラヤ杉と栗の木は何ごともなかったようにつんととりすまして空地に立ち、洗濯ものはだらんとビニール・ロープに垂れさがり、カラスは電柱のてっぺんに立ってクレジット・カードのようにつるつるとした翼をぱたぱたと上下に振っていた。

そうこうしているうちにガール・フレンドがやってきてカキ鍋を作りはじめた。彼女は台所に立ってカキを洗い、ざくざくと白菜を切り、豆腐を並べ、だしを作った。

僕は彼女に二時三十六分にうちに電話をかけなかったかとたずねてみた。

「かけたわよ」と彼女はざるの中で米を洗いながら答えた。

「何も聞こえなかったよ」と僕は言った。

「ええ、そうね、風が強かったもの」と彼女はなんでもなさそうに言った。

僕は冷蔵庫からビールを出して、テーブルのはしに腰かけてそれを飲んだ。

「でも、どうして突然あんな激しい風が吹いて、それがまたぱたりとやんじゃったんだろう？」と僕は彼女にたずねてみた。

「さあ、わからないわ」と彼女は僕に背中を向けて、爪の先で海老の殻をむきながら言った。「風については私たちの知らないことはいっぱいあるのよ。古代史や癌や海底や宇宙やセックスについて私たちの知らないことがいっぱいあるようにね」

「ふうん」と僕は言った。そんなのちっとも答になっていない。でもその問題について彼女と話しあってもそれ以上の発展は望めそうもなかったので、僕はあきらめてカキ鍋の成立過程をじっと眺めていた。

「ねえ、ちょっとおなか触っていいかな？」と僕は彼女にたずねてみた。

「あとでね」と彼女は言った。

カキ鍋ができあがるまで、僕は来週まとめて日記をつけるときのために、今日いちにちの出来事を簡単なメモにまとめておいた。

(1)ローマ帝国の崩壊
(2)一八八一年のインディアン蜂起
(3)ヒットラーのポーランド侵入

というメモだ。

こうしておけば来週になっても今日何が起ったのかちゃんと正確に思いだすことがで

きる。こういう周到なシステムをとっていればこそ、僕はこの二十二年間いちにちも欠かすことなく日記をつけつづけていられるわけなのだ。あらゆる意味のある行為はその独自のシステムを有している。風が吹いたって吹かなくたって、僕はそんな具合に生きているのだ。

ねじまき鳥と火曜日の女たち

その女から電話がかかってきたとき、僕は台所に立ってスパゲティーをゆでているところだった。スパゲティーはゆであがる寸前で、僕はFMラジオにあわせてロッシーニの『泥棒かささぎ』の序曲を口笛で吹いていた。スパゲティーをゆであげるにはまず最適の音楽だった。

電話のベルが聞こえたとき、僕はよほどそれを黙殺してそのままスパゲティーをゆでつづけようかと思った。スパゲティーはもう殆んどゆであがっていたし、クラウディオ・アバドはロンドン交響楽団をその音楽的ピークに持ちあげようとしていたのだ。しかしそれでもやはり僕はガスの火を弱め、菜箸《さいばし》を右手に持ったまま居間に行って受話器をとった。新しい仕事のことで友人から電話がかかってくるかもしれないということをふと思い出したからだ。

「十分間時間を欲しいの」と唐突に女が言った。

「失礼？」と僕はびっくりして訊きかえした。「なんておっしゃったんですか？」

「十分だけ時間が欲しいって言ったの」と女はくりかえした。

その女の声に僕はまったく聞き覚えがなかった。僕は人の声色を覚えることに関しては殆ど絶対的ともいえる自信を持っていたから、そのことにはまず間違いはないはずだった。それは僕が知らない女の声だった。低くやわらかく、そしてとらえどころのない声だ。

「失礼ですがどちらにおかけですか？」と僕はあくまで礼儀正しくたずねてみた。

「そんなこと関係ないわ。とにかく十分だけ時間を欲しいの。そうすればお互いもっとよくわかりあえると思うわ」と女はたたみかけるような早口で言った。

「わかりあえる？」

「気持がよ」と女は簡潔に答えた。

僕は開きっぱなしになったドアから首をつきだして、台所をのぞいてみた。スパゲティーの鍋からは気持の良さそうな白い湯気が立ちのぼり、アバドは『泥棒かささぎ』の指揮をつづけていた。

「悪いけど、今ちょうどスパゲティーをゆでてるところなんです。もうそろそろゆであがるところだし、あなたと十分も話していたらスパゲティーが駄目になっちゃう。切っていいですか？」

「スパゲティー？」と女はあきれたように言った。「だって今は朝の十時半よ。どうして朝の十時半にスパゲティーなんかゆでるの？　そんなの変じゃない？」

「変にしろ変じゃないにしろ、あなたには関係ない」と僕は言った。「朝食を殆んど食べなかったんで、今頃になって腹が減ってきたんです。僕が自分で作って食べるんだ。何時に何を食べようがそれは僕の勝手じゃないですか？」

「ええ、いいわよ、それは。じゃあ、まあ切るわね」と女は油を流したようなのっぺりとした声で言った。不思議な声だ。ちょっとした感情の変化で、まるでスイッチで周波数を切りかえるみたいに声のトーンががらりとかわるのだ。「またあとでもう一度かけなおすから」

「ちょっと待って」と僕はあわてて言った。「もしこれが何かのセールスの手だとしたら、何度電話をかけてきたって無駄ですよ。僕は今失業中だし、何かを買うほどの余裕なんてないから」

「そんなこと知ってるから大丈夫よ」と女は言った。

「知ってる？　知ってるって何を？」

「だからあなた失業中なんでしょ。知ってるわよ。そんなこと、だから早くスパゲティーをゆでてくれれば？」

「ねえ、あなたはいったい――」と僕が言いかけたところでぷつんと電話が切れた。あまりにも唐突な切れ方だった。受話器を置いたのではなく、指でスイッチ・ボタンを押したのだ。

僕は感情の持っていき場のないまま、手に持った受話器をしばらく茫然と眺めていたが、やがてスパゲティーのことを思いだしてそれをもとに戻し、台所に行った。そしてガスの火を切ってスパゲティーをざるにあけ、小さな鍋であたためておいたトマト・ソースをかけて食べた。スパゲティーはわけのわからない電話のせいで心もち柔かくなりすぎていたが、致命的なほどではなかったし、それに僕はスパゲティーの微妙なゆで加減を云々するにはあまりにも腹が減りすぎていた。僕はラジオの音楽を聴きながら、その二百五十グラムぶんの麵を一本残さずゆっくりと胃の中に送りこんだ。

皿と鍋を流しで洗い、そのあいだにやかんに湯をわかし、ティーバッグで紅茶をいれた。そしてそれを飲みながら先刻の電話について考えをめぐらせてみた。

わかりあえる？

いったいあの女は何を求めて僕に電話をかけてきたんだ？　そしてあの女はいったい

誰なんだ？

すべては謎に包まれていた。知らない女から匿名の電話がかかってくるような覚えもなかったし、彼女が何を言おうとしていたかについてもまったく見当がつかなかった。いずれにせよ——と僕は思った——どこの誰だかわからない女と気持をわかりあいたくなんかない。そんなことしたって何の役にも立たない。とりあえず僕にとっていちばん必要なことは新しい仕事をみつけることなのだ。そして僕なりの新しい生活サイクルを確立することなのだ。

それでも居間のソファーに戻って図書館で借りたレン・デイトンの小説を読みながら電話機をちらちら眺めていると、僕はだんだんその女の言う「十分間でわかりあうことのできる何か」というのがいったい何なのかが気になりはじめてきた。十分で何がわかりあえるのだろう？

考えてみれば女はそもそもの最初からきちんと十分と時間を区切っていた。そして彼女はその限定された時間の設定に対してかなりの確信を抱いているように僕には感じられた。それは九分では短かすぎるし、十一分では長すぎるのかもしれない。ちょうどスパゲティーのアルデンテみたいに……。

そんなことをぼんやりと考えていると小説の筋がわからなくなってきたので、僕は軽い体操をしてからシャツにアイロンをかけることにした。僕の頭が混乱してくるとよくシャツにアイロンをかける。昔からずっとそうなのだ。

僕がシャツにアイロンをかける工程はぜんぶで十二にわかれている。それは(1)襟(表)にはじまって⑿左袖・カフで終る。その順番が狂うことはまったくない。僕はひとつひとつ番号を数えながら、順番にアイロンをかけていく。そうしないことにはうまくアイロンがかからないのだ。

僕はスチーム・アイロンの蒸気音とコットンが熱せられる独得の匂いを楽しみながら、三枚のシャツにアイロンをかけ、しわのないことを確認してからタンスにハンガーで吊した。アイロンのスイッチを切り、アイロン台と一緒に押入れの中にしまってしまうと、僕の頭はいくぶんすっきりとしたようだった。

水を飲みたくなって台所に行こうとしたところで、また電話のベルが鳴った。やれやれ、と僕は思った。そしてそのまま台所に行こうか居間に戻ろうか少し迷ってから、やはり居間に戻って受話器をとることにした。あの女がかけなおしてきたのであれば、今アイロンをかけているところだからと言って、切ってしまえばいいのだ。

しかしその電話をかけてきたのは妻だった。TVの上の置時計を見ると、針は十一時半をさしていた。

「元気？」と彼女は言った。

「元気だよ」と僕はほっとして言った。

「何してたの？」

「アイロンをかけてた」

「何かあったの？」と妻は訊ねた。彼女の声には微かな緊張の響きが混っていた。僕が混乱するとアイロンがけをするということを彼女はちゃんと知っているのだ。

「何もないよ。ただシャツにアイロンをかけようと思っただけさ。べつに何もない」と僕は言って椅子に座り、左手に持っていた受話器を右手に移しかえた。「それで、何か用事？」

「ええ、仕事のことなの。ひとつちょっとした仕事がありそうなんだけど」

「うん」と僕は言った。

「あなた詩はかける？」

「詩？」と僕はびっくりしてききかえした。詩？　詩ってなんだ、いったい？

「知りあいの雑誌社で若い女の子むけの小説誌を出してるんだけど、そこで詩の投稿の選択と添削する人を探してるの。それから扉用の詩も毎月ひとつ書いてほしいんだって。簡単な仕事のわりにはギャラは悪くないわよ。もちろんアルバイト程度のものだけど、それがうまくいけば編集の仕事をまわしてもらえるかもしれないし——」

「簡単？」と僕は言った。「ちょっと待ってくれよ。僕が探してるのは法律事務所の仕事なんだぜ。どこで詩の添削なんて話が出てくるんだよ？」

「だってあなた高校時代に何か書いてたって言ってたじゃない」

「新聞だよ。高校新聞。サッカー大会でどこのクラスが優勝しただとか、物理の教師が階段で転んで入院しただとか、そういう下らない記事を書いてただけだ。詩じゃない。詩なんか書けない」

「でも詩って言ったって女子高校生の読むような詩よ。たいしたものじゃなくていいのよ。べつにアレン・ギンズバーグみたいな詩を書けっていってるわけじゃないし、適当にやればそれでいいんだから」

「適当にも何も詩なんて絶対に書けない」と僕はきっぱりと言った。書けるわけがないじゃないか。

「ふうん」と残念そうに妻は言った。「でも法律関係の仕事って、みつかりそうにないじゃない」

「今いくつか話をまわしてもらってるんだ。今週中には返事がくるはずだし、もしそれが駄目だったらそのときにまた考える」

「そう？　まあそれはそれでいいわ。ところで今日は何曜日だっけ？」

「火曜日」と僕は少し考えてから言った。

「じゃあ銀行に行ってガス料金と電話料金を振りこんでおいてくれる？」

「いいよ、そろそろ夕飯の買物にも行くつもりだし、そのついでに寄るよ」

「夕食は何にするの？」

「さあ、わからないな」と僕は言った。「まだ決めてないんだ。買物に行ってから考える」

「あのね」とあらたまった口調で妻は言った。「私、思うんだけど、あなたべつに仕事探さなくていいんじゃないかしら」

「どうして？」と僕はまたびっくりして言った。世界中の女が僕をびっくりさせるために電話をかけてきているみたいだ。「どうして仕事探さなくていいんだよ？　あと三ヵ月で失業保険は切れちゃうんだぜ。ぶらぶらしてるわけにはいかないじゃないか」

「私のお給料もあがったし、副業の方も順調だし、貯金だってけっこうあるし、贅沢《ぜいたく》さえしなきゃ十分食べていけるじゃない？」

「そして僕が家事をやるんだな？」

「嫌？」

「わからない」と僕は正直に言った。わからない。「考えてみるよ」

「考えてみて」と妻は言った。「ところで猫は戻ってきた？」

「猫？」とききかえしてから、僕は自分が朝から猫のことをすっかり忘れていたことに気づいた。「いや、戻ってきてないみたいだな」

「ちょっと近所を探してみてくれない？　これでもういなくなって四日目だから」

僕は生返事をして、受話器をまた左手に移しかえた。

「たぶん『路地』の奥の空き家の庭にいるんじゃないかと思うの。鳥の石像のある庭よ。そこで何回か見かけたことあるから。そこ知ってる？」

「知らない」と僕は言った。「でも、いつ一人で『路地』になんか行ったんだよ？　そんな話これまでに一度も——」

「ねえ、悪いけど電話切るわよ、そろそろ仕事に戻んなくちゃならないから。猫のことお願いね」

そして電話が切れた。

僕はまたしばらく受話器を眺めてから、それを下に置いた。

何故女房が「路地」のことなんて知ってるんだ、と僕は不思議に思った。「路地」に入るには庭からかなり高いブロック塀《べい》を乗り越えなくてはならないし、それにそんなことまでしてわざわざ「路地」に入る意味なんて何もないのだ。

僕は台所に行って水を飲み、FMラジオのスイッチを入れて、爪を切った。ラジオはロバート・プラントの新しいLPを特集していたが、二曲ばかり聴いたところで耳が痛くなってきたのでスイッチを切った。そして縁側に出て猫の食事用の皿を調べてみたが、皿の中の煮干は昨夜僕がそこに盛ったまま一匹も減っていなかった。やはり猫は戻ってきてはいないのだ。

僕は縁側に立ったまま、明るい初夏の日差しのさしこむ我が家の狭い庭を眺めてみた。眺めたからといって心がなごむような庭ではない。一日のうちほんの少しの時間しか日が差さないから土はいつも黒く湿っているし、植木といっても隅の方に二株か三株ぱっとしないアジサイがあるだけだ。それにだいいち僕はアジサイという花があまり好きではない。

近所の木立からまるでねじでも巻くようなギイイイッという規則的な鳥の声が聞こえた。我々はその鳥を「ねじまき鳥」と呼んでいた。妻がそう名づけたのだ。本当の名前は知らない。どんな姿をしているのかも知らない。でもそれに関係なくねじまき鳥は毎日その近所の木立にやってきて、我々の属する静かな世界のねじを巻いた。

いったいどうして僕がわざわざ猫を探しに行かなくちゃならないんだ、と僕はねじまき鳥の声を聞きながら思った。それにもしかりに猫がみつかったとして、それからどうすればいいんだ？　家に帰るように猫を説得すればいいのか？　ねえ、みんな心配してるから家に戻ってきてくれないかな、と頼めばいいのか？

　やれやれ、と僕は思った。まったくやれやれだ。猫なんて好きなところに行って好きに暮していればいいじゃないか。いったい俺は三十にもなってこんなところで何をやっているんだ？　洗濯をして、夕食の献立を考えて、そして猫探しだ。

　かつては――と僕は思った――僕も希望に燃えたまともな人間だった。高校時代にはクラレンス・ダロウの伝記を読んで弁護士になろうと志した。成績も悪くなかった。高校三年のときには「いちばん大物になりそうな人」投票でクラスの二位になったこともある。そして比較的きちんとした大学の法学部にも入った。それがどこかで狂ってしまったのだ。

　僕は台所のテーブルに頬杖をつき、それについて――いったいいつどこで僕の人生の指針が狂いはじめたかについて――少し考えてみた。でも僕にはわからなかった。とくに何か思いあたることがあったというわけではないのだ。政治運動で挫折したのでもないし、大学に失望したのでもないし、とくに女の子に入れこんだというのでもない。僕は僕としてごく普通に生きていたのだ。そして大学を卒業しようかという頃になって、僕はある日突然自分がかつての自分でなくなっていることに気づいたというわけだ。きっとそのずれは最初のうちは目にも見えないような微小なものだったのだろう。しかし時が経過するに従ってそのずれはどんどん大きくなり、そしてやがてはそもそものあるべき姿が見えなくなってしまうような辺境に僕を運んできてしまったのだ。太陽系にたとえるなら、たぶん僕はいま土星と天王星の中間点あたりにいるはずだった。もう少しいけば冥王星だって見ることができそうだ。そして――と僕は思った――その先にはいったい何があるんだっけ？

二月のはじめに僕はずっとつとめていた法律事務所を辞めたのだが、それはとくに何か理由があってのことではなかった。仕事の内容が気に入らなかったというのでもない。とくに心躍る内容の仕事とはいえないにしても給料は悪くなかったし、職場の雰囲気だって友好的だった。

その法律事務所における僕の役割はひとくちでいえば専門的使い走りだった。でも僕は僕なりによく働いたと思う。自分で言うのも変かもしれないけれど、僕はそういった実際的な職務の遂行に限っていえばかなり有能な人間なのだ。理解は速いし、行動はてきぱきしているし、文句は言わないし、現実的なものの考え方をする。だから僕が仕事を辞めたいと言いだしたとき老先生――というのはその事務所の持ち主である親子の弁護士の親の方だ——は給料を上げてもいいからなんとか残ってくれないかと提案したくらいだった。

でも僕は結局その事務所を辞めた。どうして辞めてしまったのか、その理由は自分でもよくわからない。辞めて何をするというはっきりした希望も展望もなかったのだ。もう一度家にこもって司法試験の勉強をするというのはどう考えても億劫だったし、それにだいいちとくに弁護士になりたいというわけでもないのだ。

僕が夕食のときに妻に「仕事を辞めようと思うんだけど」と切りだしたとき、「そうね」と彼女は言った。その「そうね」というのがどういう意味なのか僕にはよくわからなかったが、それっきり彼女はしばらく黙っていた。

僕も黙っていると、「辞めたいのなら辞めればいいじゃない」と彼女は言った。「あなたの人生なんだもの、あなたの好きにすればいいわよ」そしてそれだけ言ってしまうとあとは魚の骨を箸で皿の端にとりわける作業にかかった。

妻はデザイン・スクールで事務の仕事をしてまずまず悪くない給料をとっていたし、友だちの編集者からちょっとしたイラストレーションの仕事をまわしてもらっていて、その収入も馬鹿にはならなかった。僕の方も半年間は失業保険を受けとることができた。それに僕が家にいて毎日きちんと家事をすれば、外食費やクリーニング代といった余分な出費を浮かすこともできるし、暮しむきは僕が働いて給料をとっているときとたいして変らないはずだった。

そんな風にして僕は仕事を辞めたのだ。


十二時半に僕はいつものように大きなキャンバス地のバッグを肩から下げて買物に出た。まず銀行に寄ってガスと電話の料金を払い、スーパー・マーケットで夕食の買物をし、マクドナルドでチーズ・バーガーを食べてコーヒーを飲んだ。

家に帰ってきて冷蔵庫に食料品を詰めこんでいるところで電話のベルが鳴った。そのベルはひどく苛立って鳴っているように僕には聞こえた。僕はプラスチックのパックを半分だけひきはがした豆腐をテーブルの上に置いて居間に行き、受話器をとった。

「スパゲティーはもう終ったかしら？」と例の女が言った。

「終ったよ」と僕は言った。「でもこれから猫を探しにいかなくちゃならないんだ」

「でも十分くらいなら待てるでしょ？　猫を探しにいくのは」

「まあ、十分くらいならね」

何をやってるんだ俺はいったい、と僕は思った。どうしてどこかのわけのわからない女と十分しゃべらなきゃならないんだ？

「じゃあ私たちわかりあえるわね？」と女は静かに言った。女が——どんな女かはわからないけれど——電話の向うで椅子にゆったりと座りなおし、脚を組んだような雰囲気が感じられた。

「さあ、どうかな」と僕は言った。「十年間一緒にいたってわかりあえないってこともあるからね」

「試してみれば？」と女は言った。

僕は腕時計をはずしてストップ・ウォッチのモードに切りかえ、スイッチを押した。ディジタルの数字が1から10までを刻んだ。これで十秒だ。

「どうして僕なんだ？」と僕は訊ねてみた。「どうして他の誰かじゃなくて僕に電話をかけてきたんだよ？」

「理由はあるのよ」と女は食物をゆっくりと咀嚼《そしやく》するときのように丁寧に言葉を切ってしゃべった。「あなたのこと知ってるもの」

「いつ、どこで？」と僕は訊いた。

「いつか、どこかでよ」と女は言った。「でもそんなことどうでもいいわよ。大事なのは今よ。そうでしょ？　それにそんなこと話してたらすぐに時間なくなっちゃうわよ。私だって急いでないわけじゃないのよ」

「証拠を見せてくれよ。僕を君が知ってるって証拠をさ」

「たとえば？」

「僕の年は？」

「三十」と女は即座に答えた。「三十と二ヵ月。それでいい？」

僕は黙りこんだ。たしかにこの女は僕を知っているのだ。しかしどれだけ考えてみても、僕は女の声に聞き覚えがなかった。僕が人の声を忘れたり聞きちがえたりするなんてことはまずありえないのだ。僕はたとえ顔や名前は忘れても、声だけははっきりと思いだせる。

「じゃあ今度はあなたが私のことを想像してみて」と女は誘いかけるように言った。「声から想像するのよ。私がどんな女かってね。できる？　あなたそういうの得意なんじゃなかったの？」

「わからない」と僕は言った。

「試してごらんなさいよ」と女は言った。

僕は時計に目をやった。まだ一分と五秒しか経っていない。僕はあきらめてため息をついた。引き受けてしまったのだ。一度引き受けてしまえば、最後までやるしかない。僕は昔よくやったように——たしかに彼女が言ったようにそれはかつて僕の特技だったのだ――神経を相手の声に集中した。

「二十代後半、大学卒、東京生まれ、子供の頃の生活環境は中の上」と僕は言った。

「驚いたわね」と女は言って、受話器のそばでライターを擦って煙草に火をつけた。カルチェの音だ。「もっとやってみてよ」

「かなりの美人だね。少くとも自分ではそう思っている。でもコンプレックスはある。背が低いとか、乳房が小さいとか、そんなところだ」

「かなり近いわね」と女はくすくす笑いながら言った。

「結婚してる。でもしっくりといっていない。問題がある。問題がない女は自分の名前を名乗らずに男に電話をかけたりはしないからね。でも僕は君を知らない。少くともしゃべったことはない。これだけ想像してもどうしても君の姿が頭に浮かんでこないものね」

「そうかしら」と女は僕の頭にやわらかな楔を打ちこむように静かな口調で言った。「あなたそれほど自分の能力に自信が持てるの？ あなたの頭の中のどこかに致命的な死角があるとは思わないの？ そうじゃなければあなたは今頃もう少しまともな人間になっていると思わない？ あなたくらい頭が良くてひとかどの能力を持った人ならね」

「君は僕を買いかぶっているんだ」と僕は言った。「君が誰だかは知らないけど、僕はそんな立派な人間じゃない。僕には何かをなしとげる能力が欠けてるんだ。だからどんどん脇道にそれていってしまうんだ」

「でも私、あなたのこと好きだったのよ。昔の話だけど」

「じゃあそれは昔の話なんだ」と僕は言った。

二分五十三秒。

「それほど昔の話じゃないわ。私たち歴史の話をしてるわけじゃないのよ」

「歴史の話だよ」と僕は言った。

死角、と僕は思った。たしかにこの女の言うとおりかもしれない。僕の頭の、体の、そして存在そのもののどこかには失われた地底世界のようなものがあって、それが僕の生き方を微妙に狂わせているのかもしれない。

いや違うな、微妙にじゃない。大幅にだ。収拾不可能なほどにだ。

「私は今ベッドの中にいるのよ」と女は言った。「さっきシャワーを浴びたばかりで何もつけてないの」

やれやれ、と僕は思った。何もつけてない。これじゃまるでポルノ・テープじゃないか。

「何か下着をつけた方がいい？　それともストッキングの方がいい？　その方が感じ

る?」

「なんだってかまわないよ。好きにすればいい」と僕は言った。「でも悪いけど、電話でそういう話をする趣味はないんだ」

「十分でいいのよ。たった十分よ。十分使ったからってべつに致命的な損失ってわけじゃないでしょ? それ以上は何も求めないわ。よしみってものがあるでしょ? とにかく質問に答えてよ。裸のままがいい? それとも何かつけた方がいい? 私、いろんなもの持ってるのよ。ガーター・ベルトとか……」

ガーター・ベルト? と僕は思った。頭がおかしくなりそうだった。今どきガーター・ベルトをつけてる女なんて『ペントハウス』のモデルくらいじゃないか。

「裸のままでいいよ。動かなくていい」と僕は言った。

これで四分だ。

「陰毛がまだ濡れてるのよ」と女は言った。「よくタオルで拭かなかったの。だからまだ濡れてるの。あたたかくてしっとりと湿ってるの。すごくやわらかい陰毛よ。真っ黒で、やわらかいの。撫でてみて」

「ねえ、悪いけど――」

「その下の方もずっとあたたかいのよ。まるであたためたバター・クリームみたいにね。すごくあたたかいの。本当よ。私いまどんな格好をしていると思う？　右膝をたてて、左脚を横に開いてるの。時計の針で言うと十時五分くらい」

声の調子から、彼女が嘘をついていないことはわかった。彼女は本当に両脚を十時五分の角度に開き、ヴァギナをあたたかく湿らせているのだ。

「唇を撫でて。ゆっくりとよ。そして開くの。ゆっくりとね。指の腹でゆっくりと撫でるの。そう、すごくゆっくりとよ。そしてもう片方の手で左の乳房をいじって。下の方からやさしく撫であげて、乳首をそっとつまむの。それを何度もくりかえして。私がい、い、きそうになるまでね」

僕は何も言わずに電話を切った。そしてソファーに寝転んで、天井を眺めながら煙草を一本吸った。ストップ・ウォッチは五分二十三秒でとまっていた。

目を閉じると様々な色あいの絵の具を出鱈目《でたらめ》に塗りかさねたような暗闇が僕の上に降りかかってきた。

どうしてなんだ？　と僕は思った。どうして僕のことをみんなそっとしておいてくれないんだ？

十分ばかりあとでまた電話のベルが鳴ったが、今度は受話器をとらなかった。電話のベルは十五回鳴って、そして切れた。ベルが死んでしまうと、まるで重力が均衡を失ってしまったような深い沈黙があたりに充ちた。氷河にとじこめられてしまった五万年前の石のような深く冷たい沈黙だった。十五回の電話のベルが僕のまわりの空気の質をすっかり変えてしまったのだ。

二時の少し前に僕は庭のブロック屛をのりこえて「路地」に下りた。

「路地」とは言っても、それは本来的な意味での路地ではない。正直なところ、それは、何とも呼びようのない代物なのだ。正確に言えば道ですらない。道というのは入口と出口があって、そこを辿っていけば然るべき場所に行きつける通路のことだ。

しかし「路地」には入口も出口もなく、それを辿ったところでブロック屛か鉄条網にぶつかるだけのことだ。それは袋小路でさえない。少くとも袋小路には入口というものがあるからだ。近所の人々はその小径をただ便宜的に「路地」と呼んでいるだけの話なのだ。

「路地」は家々の裏庭のあいだを縫うようにして約二百メートルばかりつづいていた。道幅は一メートルと少しというところだが、垣根がせりだしていたり、いろんなものが路上に置かれていたりするせいで、体を横に向けないことには通り抜けられないところも何ヵ所かある。

話によれば——その話をしてくれたのは我々にとびっきり安い家賃でその家を貸してくれている僕の親切な叔父だった——「路地」にもかつては入口と出口があり、通りと通りを結ぶ近道のような機能を果していた。しかし高度成長期になってかつて空き地であった場所に家が新しく建ちならぶようになってからは、それに押されるような格好で道幅もぐっと狭くなり、住人たちも自分の家の軒先や裏庭を人が往き来するのを好ましく思わなかったので、その小径はそれとなく入口を塞がれるようになった。はじめのうちそれは穏やかな垣根のようなもので目かくしをされているだけだったが、一人の住民が庭を拡張してブロック塀で一方の入口を完全に塞いでしまい、それに呼応するようにもう一方の入口もしっかりとした鉄条網で犬も通れないようにブロックされてしまった。住人たちはもともと殆んどその道を通路として利用していなかったから、両方の入口を塞がれたところで誰も文句を言わなかったし、防犯のためにはその方が好都合だった。だから今ではその道はまるで放棄された運河のように人知れずとりのこされ、利用するものもなく、家と家を隔てる緩衝地帯のような役割を果しているだけである。地面には雑草が茂り、いたるところに蜘蛛《くも》がねばねばとした巣をはって虫の到来を待ち受けていた。

妻がどうしてそんなところに何度も出入りしていたのか、僕には見当もつかなかった。

僕だってそれまでに一度しかその「路地」を歩いたことはなかったし、彼女はただでさえ蜘蛛が嫌いなのだ。

しかし何かを考えようとすると、僕の頭は固くてはりのあるガス状のものでいっぱいになった。そして両側のこめかみがひどくだるくなった。昨夜うまく寝つけなかったのと、五月のはじめにしては暑すぎる気候のせいと、そしてあの奇妙な電話のせいだ。

まあいい、と僕は思った。とにかく猫を探そう。そのあとのことはまたそのあとで考えればいい。それに家にじっとして電話のベルを待っているよりは、こうして外を歩きまわっていた方がずっとましだ。少くとも何か目的のあることをやっているわけなのだから。

いやにくっきりとした初夏の日差しが、頭上にはりだした樹木の枝の影を路地の地面にまだらに散らせていた。風がないせいで、その影は永遠に地表を離れることなく固定された宿命的なしみのように見えた。地球はそんなささやかなしみを抱えこんだまま西暦が五桁になるまで太陽のまわりをまわりつづけるのかもしれなかった。

僕が枝の下をとおりすぎると、そのちらちらとした影は僕の白いシャツの上に素速く這って、それからまたもとの地表に戻った。

あたりには物音ひとつなく、草の葉が日の光を浴びて呼吸する音までが聞こえてきそうだった。空にはいくつか小さな雲が浮かんでいたが、それらはまるで中世の銅版画の背景に描きこまれた雲のように鮮明で簡潔なかたちをとっていた。目につく何もかもが見事にくっきりとしているせいで、僕自身の肉体がいかにも茫洋としてとりとめのない存在であるように感じられた。そしてひどく暑い。

僕はTシャツに薄手の綿のズボンにテニス・シューズという格好だったが、それでも日なたを長く歩いていると、わきの下や胸のくぼみにじっとりと汗がにじんでくるのが感じられた。Tシャツもズボンもその朝に夏ものの衣料を詰めた箱からひっぱりだしてきたばかりだったので、大きく息をすると防虫剤のつんとするにおいが、まるで尖ったかたちをした微細な羽虫のように僕の鼻の中にもぐりこんできた。

僕は両側に注意ぶかく目を配りながら、ゆっくりと均一な歩調で路地を歩いた。そしてときどき歩をとめて、小さな声で猫の名前を呼んでみた。

路地をはさむようにして建った家々は、まるで比重の異る液体を混ぜあわせたみたいに、はっきりとしたふたつのカテゴリーにわかれていた。ひとつはゆったりとした広い裏庭を持つ昔からの家のグループで、もうひとつは比較的最近建てられたこぢんまりとした家のグループだった。新しい方の家には概して裏庭と呼べるほどの広いスペースはなく、中には庭というものをひとかけらたりとも持たないものもあった。そんな家では軒先と路地のあいだには、物干しがやっと二本並ぶ程度の空間しかあいていない。ときには物干しが路地の上にまではみだして置かれていることもあり、僕はまだ水滴をしたたらせているようなタオルやシャツやシーツの列をすりぬけるようにして前に進まねばならなかった。軒先からTVの音や水洗便所の水音がくっきりと聞こえてくることもあり、カレーを煮る匂いが漂ってくることもあった。

それに比べると古くからある家の方からは生活の匂いというようなものはほとんど感じられなかった。垣根には目かくし用に様々な種類の灌木やカイヅカイブキが効果的に配され、そのすきまからは手入れのいきとどいた庭が広がっているのが見えた。母屋の建築スタイルは様々だった。長い廊下のある日本風の家屋があり、古びた銅屋根の洋館があり、つい最近改築されたらしいモダンなつくりのものもあったが、そのどれにも共通しているのは、住んでいる人の姿が見えないことだった。何の音も聞こえず、何の匂いもしなかった。洗濯ものさえ殆んど目につかなかった。

こんなにゆっくりとあたりを観察しながら路地を歩くのははじめてのことだったので、僕の目にはまわりの風景がとても新鮮にうつった。一軒の裏庭の隅には茶色く枯れてしまったクリスマス・ツリーがぽつんと置いてあった。ある家の庭にはまるで何人もの人間の少年期の名残りを集めてぶちまけたみたいに、ありとあらゆる子供の遊び道具が並んでいた。三輪車や輪なげやプラスチックの剣やゴムボールや亀のかたちをした人形や小さなバットや木製のトラックなんかだ。バスケット・ボールのゴールが設置された庭もあったし、立派なガーデン・チェアと陶製のテーブルが並んだ庭もあった。白いガーデン・チェアはもう何ヵ月も（あるいは何年も）使われていないようで、土ぼこりをたっぷりとかぶっていた。テーブルの上には紫色の木蓮の花弁が雨に打たれてはりついていた。

ある家では、アルミ・サッシの大きなガラス戸をとおして、居間の内部を一望することができた。そこには肝臓のような色をした皮ばりのソファー・セットがあり、大型のTVセットがあり、飾り戸棚があり（その上には熱帯魚の水槽と何かのトロフィーがふたつのっている）、装飾的なフロア・スタンドがあった。それはまるでTVドラマのセットみたいに非現実的に見えた。

まわりに金網をめぐらせた大型犬用の巨大な犬舎のある庭もあった。しかしその中には犬の姿はなく、扉は開きっぱなしになっていた。金網はまるで誰かが何ヵ月も内側からもたれっぱなしになっていたみたいに丸く膨らんで、外にぽっくりとつきだしていた。

妻が教えてくれた空き家はその犬舎のある家の少し先にあった。それが空き家であることは僕にもすぐわかった。それも二ヵ月や三ヵ月空いていたといった生やさしいものでないことは一目で見てとれる。比較的新しいつくりの二階建ての家なのだが、閉めきりになった木の雨戸だけがいやに古びて、二階の窓についた手すりにも今にも崩れ落ちんばかりに赤い錆が浮いていた。こぢんまりとした庭には翼を広げた鳥をかたどった人の胸くらいの高さの台座のついた石像が置かれていたが、そのまわりにはたっぷりと雑草が茂り、とりわけ丈の高いセイタカアワダチソウは先端を鳥の足もとにまで届かせていた。鳥は——それがどんな種類の鳥であるのかは僕にもわからなかったけれど——そんな状況に苛立って、それで翼を広げて今にも飛び立とうとしているかのようだった。

その石像の他には、庭には装飾らしい装飾はなかった。古ぼけたプラスチックのガーデン・チェアがふたつ軒の下にきちんと並べられ、そのとなりではつつじが妙に現実感のない鮮かな色あいの赤い花をつけていた。それ以外に僕の目につくものといえば雑草だけだった。

僕は胸の高さまでの金網の仕切りにもたれて、しばらくその庭を眺めていた。いかにも猫が好みそうな庭だったが、どれだけ眺めていてもそこには猫の姿らしきものは見あたらなかった。屋根の上にたったTVアンテナの先に鳩が一羽とまって、その単調な声をあたりに響かせているだけだった。石の鳥の影は生い茂った雑草の葉の上に落ちて、ばらばらな形に分断されていた。

僕はポケットから煙草をとりだしてマッチで火をつけ、金網にもたれかかったままそれを一本吸った。そのあいだ鳩はTVアンテナの上に立って、ずっと同じ調子で啼きつづけていた。

煙草を吸い終って地面で踏み消してからも、僕はずいぶん長いあいだそこにじっとしていたのだと思う。どれくらいの時間その金網にもたれかかっていたのか、僕にはわからない。僕はひどく眠くて頭がぼんやりとしていたし、殆んど何も考えずに鳥の石像の影のあたりをじっと眺めていたからだ。

あるいは僕は何かを考えていたのかもしれない。しかしもしそうだとしても、その作業は僕の意識の領域から外れた場所で行われていた。現象的には僕は草の葉の上に落ちた鳥の影をじっと見つめていただけだった。

鳥の影の中に誰かの声らしいものがしのびこんできたような気がした。それが誰の声なのか、僕にはわからなかった。でも女の声だ。誰かが僕を呼んでいるようだった。

うしろを振りむくと、向いの家の裏庭に十五か十六の女の子が立っているのが見えた。小柄で、髪はまっすぐで短かい。飴色《あめいろ》の縁の濃いサングラスをかけ、肩口からはさみで両袖を切りとったライト・ブルーのアディダスのTシャツを着ている。そこからつきだした細い両腕はまだ五月だというのによく日焼けしていた。彼女は片手をショート・パンツのポケットにつっこみ、もう一方の手を腰までの高さの竹の開き戸の上に置いて不安定に体を支えていた。

「暑いわね」と娘が僕に言った。

「暑いね」と僕も言った。

やれやれ、とまた僕は思った。今日いちにち僕に話しかけてくるのは女ばかりだ。

「ねえ、煙草持ってる」とその女の子が僕にたずねた。

僕はズボンのポケットからショート・ホープの箱をとりだし、それを娘にさしだした。彼女はショート・パンツのポケットから手を出して煙草を一本抜きとり、しばらく珍しそうに眺めてから口にくわえた。口は小さく、上唇がほんの少し上にめくれあがっている。僕は紙マッチを擦って、その煙草に火をつけた。娘が首をかがめると、耳のかたちがくっきりと見えた。たった今できあがったばかりといったかんじのつるりとした綺麗な耳だった。その細い輪郭に沿って短かいうぶ毛が光っていた。

彼女は手馴れた様子で唇のまんなかから満足そうに煙を吹きだし、それからまるでふと思いだしたように僕の顔を見あげた。サングラスのふたつのレンズの上に、僕の顔がふたつにわかれて映っているのが見えた。レンズの色がひどく濃くて、おまけに光をはねかえすつくりになっていたので、僕はその奥にある彼女の目を見とおすことができなかった。

「近所の人？」と娘が訊いた。

「そう」と僕は答えて、自分の家のある方向を指さそうとしたが、いったいそれが正確にどちらの方向に位置しているのか僕にはわからなくなっていた。奇妙な角度に折れまがった曲り角をいくつも通り抜けてきたせいだ。それで僕は適当な方角を指さしてごまかすことにした。どちらにしたってたいした変りはないのだ。

「ずっとそこで何してたの？」

「猫を探してたんだ。三、四日前からいなくなっちゃったんでね」と僕は汗ばんだ手のひらをズボンのわきでこすりながら答えた。「このへんでうちの猫をみかけた人がいるんだよ」

「どんな猫？」

「大柄な雄猫だよ。茶色の縞《しま》で、尻尾の先が少し曲って折れてる」

「名前は？」

「名前って？」

「猫の名前よ。名前あるんでしょ？」娘はサングラスの奥からじっと僕の目をのぞきこみながら——たぶんのぞきこんでいたのだと思う——言った。

「ノボル」と僕は答えた。「ワタナベ・ノボル」

「猫にしちゃずいぶん立派な名前ね」

「女房の兄貴の名前なんだ。感じが似てるんで冗談でつけたんだよ」

「どんな風に似てるの？」

「動作が似てるんだ。歩き方とか、眠そうなときの目つきとか、そういうのがね」

娘ははじめてにっこりと笑った。表情が崩れると、彼女は最初の印象よりずっと子供っぽく見えた。わずかにめくれあがった上唇が不思議な角度に宙につきだしていた。

撫でて、という声が聞こえたような気がした。でもそれはあの電話の女の声だった。この娘の声ではない。僕は手の甲で額の汗を拭った。

「茶色の縞猫で、尻尾の先が少し折れ曲っているのね」と娘は確認するようにくりかえした。「首輪とかそういうのは？」

「のみとり用の黒いのがついてる」と僕は言った。

娘は片手を木戸の上に置いたまま、十秒か十五秒くらい考えこんでいた。それから短かくなった煙草を僕の足もとの地面にひょいと落とした。

「それ踏んどいてくれる？　私、裸足なのよ」

僕はテニス・シューズの底で煙草を丁寧に踏んで消した。

「その猫ならたぶん私、見たことあると思うわ」と娘はゆっくりと文節を区切るようにして言った。「尻尾の先のことまでは注意して見なかったけれど、茶色のトラ猫で、大きくて、たぶん首輪をつけてたわ」

「それを見たのはいつごろ？」

「さあ、いつごろかしら？　でも何度かは見かけたわ。私、ここのところずっと庭で日光浴してるもんだから、いつがいつなのかうまく区別できないんだけど、いずれにしてもこの三、四日のことね。うちの庭は近所の猫のとおり道になっていて、いろんな猫がしょっちゅう歩いてるのよ。みんな鈴木さんの家の垣根から出てきて、うちの庭を横切って、宮脇さんの庭に入っていくの」

娘はそう言って、向いの空き家の庭を指さした。空き家の庭ではあいかわらず石の鳥が翼を広げ、セイタカアワダチソウが初夏の日差しを受け、TVアンテナの上では鳩が単調な声で啼きつづけていた。

「教えてくれてありがとう」と僕は娘に言った。

「ねえ、どうかしら、うちの庭で待ってみれば。どうせ猫はみんなうちを通っておむかいに行くんだし、それにこのあたりをうろうろしてると泥棒だと思われて警察に電話されちゃうわよ。これまでに何度もそういうのあったんだから」

「でも知らない人の庭に入って猫を待ってるわけにはいかないよ」

「いいのよ、そんなの、遠慮しなくても。うちには私しかいないし、話相手がいなくてすごく退屈してるんだもの。二人で庭で日光浴しながら猫がとおりかかるのを待ってればいいじゃない。私、目がいいから役に立つわよ」

僕は腕時計を見た。二時三十六分だった。今日いちにち僕に残された仕事といえば、日が暮れるまでに洗濯ものをとりこんで夕食の仕度をすることだけだった。

「じゃあ、三時までいさせてもらうよ」と僕は状況をまだうまく把握できないままに言った。

木戸を開けて中に入り、娘のあとについて芝生の上を歩いていくと、彼女が右脚を軽くひきずっていることに気づいた。娘の小さな肩は機械のクランクのように右にかしいで規則的に揺れていた。彼女は何歩か歩くと立ちどまって、となりを歩くようにと僕に指示した。

「先月事故っちゃったのよ」と娘は簡単に言った。「バイクのうしろに乗せてもらって、放り出されちゃったの。ついてないわ」

芝生の庭のまん中にキャンバス地のデッキ・チェアがふたつ並んでいた。片方の背もたれにはブルーの大きなタオルがかかり、もうひとつのデッキ・チェアの上にはマールボロの赤い箱と灰皿とライターと大型のラジオ・カセットと雑誌が雑然と置かれていた。ラジオ・カセットはつけっ放しになっていて、スピーカーからは僕の知らないハード・ロックが小さな音で流れていた。

彼女はデッキ・チェアの上にちらばったものを芝生の上におろし、そこに僕を座らせ、ラジオ・カセットのスイッチを切って音楽を止めた。椅子に腰を下ろすと樹木のあいだから路地とそれを隔てた空き家を見とおすことができた。白い鳥の石像もセイタカアワダチソウも金網の屛も見えた。たぶん娘はここに座って僕の姿をじっと観察していたのだろうと僕は想像した。

広くてシンプルな庭だった。芝生がなだらかな斜面を作って広がり、ところどころに木立が配されていた。デッキ・チェアの左手にはコンクリートで固められたかなり大きな池があったが、最近は使われていないらしく、水が抜かれて、まるであおむけにされた水生動物のように淡い緑色に変色した水底を太陽にさらしていた。背後の木立のうしろには優雅に面とりをした古い西洋風の母屋が見えたが、家じたいはさして大きくはなかったし、贅沢な作りにも見えなかった。ただ庭だけが広く、それも実に丁寧に手入れされているのだ。

「昔、芝刈り会社でアルバイトしてたことがあるんだ」と僕は言った。

「そうなの？」とあまり興味なさそうに娘は言った。

「これだけ広い庭の手入れをするのは大変だろうな」と僕はまわりを見まわして言った。

「あなたの家には庭がないの？」

「小さな庭しかないよ。アジサイが二株か三株はえているようなね」と僕は言った。

「いつも君ひとりなの？」

「ええ、そうよ。昼間は私がいつもひとりでここにいるの。午前中と夕方にはお手伝いのおばさんがくるけど、あとはいつも私ひとり。ねえ、何か冷たいもの飲まない？ ビールもあるわよ」

「いや、いらない」

「本当？ 遠慮しなくていいのよ」

「喉が乾いてないんだ」と僕は言った。「君は学校にいかないの？」

「あなたは仕事にいかないの？」

「行こうにも仕事がない」と僕は言った。

「失業？」

「まあね。自分で辞めたんだ」

「これまでどんな仕事をしてたの？」

「弁護士の使い走りのような仕事だよ」と僕は言って、話の素速い流れを切るためにゆっくりと深呼吸した。「役所や官庁に行っていろんな書類をあつめたり、資料の整理をしたり、判例をチェックしたり、裁判所の事務手続きをしたりね、そんなこと」

「でもやめたのね？」

「そう」

「奥さんは働いてるの？」

「働いてる」と僕は言った。

僕は煙草を出して口にくわえ、マッチを擦って火をつけた。近くの樹上でねじまき鳥が啼いていた。ねじまき鳥は十二回か十三回ねじを巻いてからどこかべつの木に移っていった。

「猫はいつもあのあたりを通るのよ」と娘は言って、前方の芝生の切れめのあたりを指さした。

「あの鈴木さんの垣根のうしろに焼却炉が見えるでしょ？　あそこのわきから出てきて、ずっと芝生をつっきって、木戸の下をくぐって、おむかいの庭に行くの。いつも同じコースよ。――ねえ、鈴木さんの御主人って、大学の先生でよくＴＶにでてるのよ。知ってる？」

「鈴木さん？」

娘は僕に鈴木さんの説明をしてくれたが、僕はその人物のことを知らなかった。

「TVって殆んど見ないんだ」と僕は言った。

「嫌な一家よ」と娘は言った。「有名人気取りなのね。TVに出るような連中ってみんなインチキよ」

「そう？」

娘はマールボロの箱を手にとって一本抜きとり、火をつけずにしばらく手の中で転がしていた。

「まあ中には立派な人も何人かはいるかもしれないけど、私は好きじゃないわね。宮脇さんはまともな人だったわ。奥さんが良い人でね。御主人はファミリー・レストランを二つか三つ経営してたのよ」

「どうしていなくなったの？」

「知らないわ」と娘は煙草の先端を爪ではじきながら言った。「借金か何かじゃないかしら。ばたばたといなくなっちゃったの。いなくなってもう二年になるかしらね。家は放りだしっぱなしで、猫はふえるし、不用心だし、お母さんはいつも文句言ってるわ」

「そんなに沢山猫がいるの？」

娘はやっと煙草を口にくわえ、ライターで火をつけた。そして肯いた。

「いろんな猫がいるわ。毛がはげちゃったのもいるし、片目のもいるし……目がとれちゃって、そこが肉のかたまりになっちゃってるの。すごいでしょ」

「すごいね」と僕は言った。

「私の親類に指が六本ある人がいるのよ。私より少し年上の女の子なんだけど、小指のとなりにもう一本赤ん坊の指のような小さいのがついているの。でもいつも器用に折りこんでいるから、ちょっと見にはわからないの。綺麗な子よ」

「ふうん」と僕は言った。

「そういうのって遺伝すると思う？　なんていうか……血統的に」

「わからない」と僕は言った。

彼女はそれからしばらくのあいだ黙っていた。僕は煙草を吸いながら、猫のとおり道をじっとにらんでいた。これまでのところ猫は一匹として姿を見せていなかった。

「ねえ、本当に何か飲まない？　私はコーラを飲むけれど」と娘が言った。

いらない、と僕は答えた。

娘がデッキ・チェアから立ちあがって片脚をひきずりながら木立の陰に消えてしまうと、僕は足もとの雑誌を手にとってぱらぱらとページを繰ってみた。それは僕の予想に反して男性向けの月刊誌だった。まん中のグラビアでは性器のかたちと陰毛がすけて見える薄い下着をつけた女がスツールの上に座って不自然な姿勢で両脚を大きく開いていた。やれやれ、と僕は思って雑誌をもとの場所に戻し、胸の上で両腕を組んで再び猫のとおり道に目を向けた。

ずいぶん長い時間がたってから、コーラのグラスを手に娘が戻ってきた。彼女はアディダスのTシャツを脱いで、ショート・パンツとビキニの水着のブラジャーという格好になっていた。乳房のかたちがはっきりとわかるような小さなブラで、うしろは紐をむすんでとめるようになっている。

たしかにそれは暑い午後だった。デッキ・チェアの上で太陽に身をさらしてじっとしていると、グレーのTシャツのところどころに汗が黒くにじんでくるのが見えた。

「ねえ、もしあなたが好きになった女の子に指が六本あることがわかったら、あなたはどうする？」と娘は話のつづきを始めた。

「サーカスに売るね」と僕は言った。

「本当に？」

「冗談だよ」と僕はびっくりして言った。「たぶん気にしないと思うね」

「子供に遺伝する可能性があるとしても?」

僕は少しそれについて考えてみた。

「気にしないと思うね。指が一本多くったって、たいした支障はない」

「乳房が四つあったとしたら?」

僕はそれについてもしばらく考えてみた。

「わからない」と僕は言った。

いいいい乳房が四つ? 話にきりがなさそうだったので、僕は話題をかえてみることにした。

「君はいくつ?」

「十六」と娘は言った。「十六になったばかりよ。高校の一年生」

「学校は休んでるの?」

「長く歩くとまだ脚が痛むのよ。目のわきに傷もついちゃったし。けっこううるさい学校でね、バイクから落ちて怪我したなんてわかったらどんな目にあわされるかわかんないし……だもんで病欠ってことにしてあるの。べつに一年休学したっていいのよ。急いで高校二年生になりたいわけじゃないから」

「ふうん」と僕は言った。

「でもさ、さっきの話だけど、あなた指が六本ある女の子となら結婚してもいいけど、乳房が四つあるのは嫌だって言ったわね」

「嫌だなんて言ってない。わからないって言ったんだ」

「どうしてわからないの？」

「うまく想像できないから」

「指が六本っていうのは想像できるの？」

「なんとかね」

「どこに差があるのかしら？　六本の指と四つの乳房に？」

僕はそのことについてまた少し考えてみたが、うまい説明は思いつけなかった。

「ねえ、私って質問しすぎる？」と彼女は言って、サングラスの奥から僕の目をのぞきこんだ。

「そう言われることがあるの？」と僕は訊いた。

「ときどきね」

「質問するのは悪いことじゃないよ。質問されれば相手も何かを考えるしさ」

「でも大抵の人は何も考えてくれないわ」と彼女は足の先を見ながら言った。「みんな適当に返事するだけよ」

僕は曖昧に首を振って、猫のとおり道の方に視線を戻した。俺はいったいここで何をしているんだろう、と僕は思った。猫なんてまだ一匹も姿を見せていないじゃないか。

僕は胸の上で手を組んだまま、二十秒か三十秒目を閉じた。じっと目を閉じていると、体の様々な部分に汗が浮かんでいるのが感じとれた。額や鼻の下や首に、まるで湿った羽毛か何かをのせられたような微かな違和感があり、Tシャツは風のない日の旗のようにだらりと僕の胸にしなだれかかっていた。太陽の光は奇妙な重みを持って、僕の体に注いでいた。娘がコーラのグラスを振ると、氷がまるでカウベルのような音を立てた。

「眠かったら眠っていいわよ。猫の姿が見えたら起してあげるから」と娘が小さな声で言った。

僕は目を閉じたまま黙って肯いた。

しばらくのあいだあたりには物音ひとつ聞こえなくなった。鳩もねじまき鳥もどこかへ消えてしまっていた。風もなく、車の排気音さえ聞こえなかった。そのあいだ僕はずっと電話の女のことを考えていた。僕は本当にその女のことを知っていたのだろうか？

でも僕にはその女を思いだすことができなかった。まるでキリコの絵の中の情景のように、女の影だけが路上を横切って長くのびていた。そしてその実体は僕の意識の領域をはるか遠く離れたところにあった。僕の耳もとでいつまでもベルが鳴りつづけていた。

「ねえ、寝ちゃった？」と娘が聞こえるか聞こえないかといったような声で僕に訊ねた。

「寝てない」と僕は答えた。

「もっと近くに寄っていい？　小さな声でしゃべったほうが私、楽なの」

「かまわないよ」と僕は目を閉じたまま言った。

娘は自分のデッキ・チェアを横にずらせて僕の座ったデッキ・チェアにくっつけたようだった。木枠の触れあうかたんという乾いた音がした。

変だな、と僕は思った。目を開いて聞いているときの娘の声と目を閉じて聞いているときの娘の声は、まるで違って聞こえるのだ。いったい俺はどうしてしまったんだろう、と僕は思った。こんなことってはじめてだ。

「少ししゃべってていい？」と娘は言った。「すごく小さな声でしゃべるし、返事しなくていいし、途中でそのまま眠っちゃってもいいから」

「いいよ」と僕は言った。

「人が死ぬのって、素敵よね」と娘は言った。

彼女は僕のすぐ耳もとでしゃべっていたので、その言葉はあたたかい湿った息と一緒に僕の体内にそっともぐりこんできた。

「どうして？」と僕は訊いた。

娘はまるで封をするように僕の唇の上に指を一本置いた。

「質問はしないで」と彼女は言った。「今は質問されたくないの。それから目も開けないでね。わかった？」

僕は彼女の声と同じくらい小さく肯いた。

彼女は僕の唇から指を離し、その指を今度は僕の手首の上に置いた。

「そういうのをメスで切り開いてみたいって気がするのよ。死体をじゃないわよ。その死のかたまりみたいなものをよ。そういうものがどこかにあるんじゃないかって気がするのね。ソフトボールみたいに鈍くって、やわらかくて、神経が麻痺《まひ》してるの。それを死んだ人の中からとりだして、切り開いてみたいの。いつもそう思うのよ。中がどうなってるんだろうってね。ちょうど歯みがきのペーストがチューブの中で固まるみたいに、中で何かがコチコチになってるんじゃないかしら？　そう思わない？　いや、いいのよ、返事しないで。まわりがぐにゃぐにゃとしていて、それが内部に向うほどだんだん硬くなっていくの。だから私はまず外の皮を切り開いて、中のぐにゃぐにゃしたものをとりだし、メスとへらのようなものを使ってそのぐにゃぐにゃをとりわけていくの。そうすると中の方でだんだんそのぐにゃぐにゃが硬くなっていってね、小さな芯みたいになってるの。ボールベアリングのボールみたいに小さくて、すごく硬いのよ。そんな気しない？」

娘は二、三度小さな咳《せき》をした。

「最近いつもそのこと考えるのよ。きっと毎日暇なせいね。本当にそう思うわ。暇だと考えがどんどんどんどん遠くまで行っちゃうのよ。考えが遠くまで行きすぎて、うまくそのあとが辿れなくなるの」

そして娘は僕の手首につけた指を離し、グラスをとってコーラの残りを飲んだ。氷の音でグラスが空になったことがわかった。

「大丈夫よ、ちゃんと猫のことは見張ってるから。心配しないで。ワタナベ・ノボルの姿が見えたらちゃんと教えてあげるわ。だからそのままじっと目を閉じててね。ワタナベ・ノボルは今頃きっとこのあたりを歩いているはずよ。だって猫ってみんな同じところを歩くんだもの。きっと現われるわよ。想像しながら待つのよ。ワタナベ・ノボルは今ここに近づいているってね。草のあいだを通って、塀の下をくぐり抜けて、どこかでたちどまって花の匂いをかいだりしながら、彼は少しずつこちらに近づいているのよ。そんな姿を思い浮かべて」

僕は言われたとおり猫の姿を頭に思い浮かべようとしたが、実際に僕が思い浮かべることができるのは、逆光を浴びた写真のようなひどく漠然とした猫の像にすぎなかった。強い太陽の光が瞼をとおり抜けて僕の暗闇を不安定に拡散させていたし、それに僕はどれだけ努力しても猫の姿を正確に思いだすことができなかったのだ。僕が思い浮かべることのできるワタナベ・ノボルの姿はまるで失敗した似顔絵のようにどことなくいびつで不自然だった。特徴だけは似ているのだが、肝心な部分がすっぽりと欠落している。彼がどのような歩き方をしたのかさえ、僕にはもう思いだせないのだ。

娘は僕の手首にもう一度指を置いて、今度はそっとその上に模様のようなものを描いた。形の定まらない奇妙な図形だった。彼女が僕の手首にその図形を描くと、まるでそれに呼応するように、これまであったものとはべつの種類の暗闇が僕の意識の中にもぐりこもうとしているように感じられた。おそらく僕は眠ろうとしているのだろう、と僕は思った。眠りたくはなかったけれど、もう何をもってしてもそれを押しとどめることは不可能であるように僕には思えた。なだらかなカーブを描くキャンバス地のデッキ・チェアの上で、僕の体は不格好なくらいに重く感じられた。

そんな暗闇の中で、僕はワタナベ・ノボルの四本の脚だけを思い浮かべた。足のうらにゴムのようなやわらかいふくらみがついた四本の静かな茶色の脚だ。そんな足が音もなくどこかの地面を踏みしめていた。

ど、こ、の、地面だ？

でもそれは僕にはわからなかった。

あなたの頭の中のどこかに致命的な死角があるとは思わないの？　と女は静かに言った。

目が覚めたとき、僕はひとりだった。わきにぴたりとつきつけられたデッキ・チェアの上に娘の姿はなかった。タオルと煙草と雑誌はそのままだったが、コーラのグラスとラジオ・カセットは消えていた。

日は西に傾いて、松の木の枝の影がくるぶしのあたりまで僕の体をすっぽりと包んでいた。時計の針は三時四十分を指している。僕は空き缶を振るような感じで何度か頭を振り、椅子から立ちあがってあたりを見まわした。まわりの風景は最初に見たときとまったく同じだった。広い芝生、干あがった池、垣根、石像の鳥、セイタカアワダチソウ、TVアンテナ。猫の姿はない。そして娘の姿も。

僕は芝生の日かげになった部分に腰を下ろし、手のひらで緑の芝を撫でながら、猫のとおり道に目をやり、娘が戻ってくるのを待った。しかし十分が過ぎても、猫も娘もあらわれなかった。あたりには動くものの気配すらなかった。いったいどうすればいいのか、僕にはうまく判断できなかった。眠っていたあいだになんだかひどく年をとってしまったような気がした。

僕はもう一度立ちあがり、母屋の方に目をやってみた。しかしそこにも人の気配はなかった。出窓のガラスが西日を受けて眩しく光っているだけだった。僕は仕方なく芝生の庭を横切って路地に出て、家にひきかえした。結局猫はみつからなかったけれど、でもとにかく僕はやるだけのことはやったのだ。

家に戻ると僕は乾いた洗濯ものをとりこみ、簡単な食事の用意をした。それから居間の床に座り壁にもたれて夕刊を読んだ。五時半に電話のベルが十二回鳴ったが、僕は受話器をとらなかった。ベルが鳴りやんだあとも、その余韻は部屋の淡い夕闇の中にちりのように漂っていた。置時計がその硬い爪先で空間に浮かんだ透明な板を叩いていた。まるで機械仕掛けの世界のようだな、と僕は思った。一日に一度ねじまき鳥がやってきて、世界のねじを巻いていくのだ。そして僕一人がそんな世界の中で年をとり、白いソフトボールのような死をふくらませていくのだ。土星と天王星のあいだで僕がぐっすりと眠っているあいだにも、ねじまき鳥たちはきちんとその職分を果しているのだ。

ねじまき鳥たちについての詩を書いてみたらどうだろうと僕はふと思った。しかしどれだけ考えてみてもその最初の一節が浮かんでこなかった。それにだいいち女子高校生たちがねじまき鳥についての詩を読んで楽しんでくれるとは思えなかった。彼女たちはまだねじまき鳥そのものの存在を知らないのだ。

妻が戻ってきたのは七時半だった。

「ごめんね。残業があったのよ」と彼女は言った。「どうしても一人分の授業料の納入書類がみつからなくてね。アルバイトの女の子がいい加減なせいなんだけど、一応私のうけもちだから」

「かまわないよ」と僕は言った。そして台所に立って魚のバター焼きとサラダと味噌汁をつくった。そのあいだ妻は台所のテーブルで夕刊を読んでいた。

「ねえ、五時半頃あなた家にいなかったの?」と彼女が訊ねた。「少し遅くなると言おうと思ってうちに電話かけたんだけど」

「バターが切れてたから買いにでてたんだ」と僕は嘘をついた。

「銀行には行ってくれた?」

「もちろん」と僕は答えた。

「猫は?」

「みつからない」

「そう」と妻は言った。

　食事のあとで風呂から出てくると、妻は電灯を消した居間の暗闇の中にひとりでぽつんと座っていた。グレーのシャツを着て暗闇の中にじっとうずくまっていると、彼女はまるで置き去りにされた荷物のように見えた。僕は彼女がひどく気の毒に思えた。彼女は間違った場所に置き去りにされたのだ。もっとべつの場所にいれば、あるいは彼女はもっと幸せになれたかもしれないのだ。

　僕はバスタオルで髪を拭いて、彼女の向い側のソファーに座った。

「どうかしたの？」と僕は訊ねた。

「きっともう猫は死んじゃったのよ」と妻は言った。

「まさか」と僕は言った。「どこかで遊びまわってるんだよ。そのうちに腹を減らして戻ってくるさ。前にも一度あったじゃないか。高円寺に住んでる頃にやっぱり――」

「今度は違うのよ。私にはわかるのよ。猫は死んじゃって、どこかの草むらの中で腐ってるのよ。空き家の庭の草むら探してくれた？」

「おい、よせよ。いくら空き家だって他人の家だぜ、そんなの勝手に入れるわけないじゃないか」

「あなたが殺したのよ」と妻は言った。

　僕はため息をついてもう一度バスタオルで頭を拭った。

「あなたが猫を見殺しにしたのよ」と暗闇の中で彼女はくりかえした。

「よくわからないな」と僕は言った。「猫は自分でいなくなったんだ。僕のせいなんかじゃない。それくらいのことは君にだってわかるだろ?」

「あなた、猫のことなんてべつに好きじゃなかったんでしょ?」

「そりゃそうかもしれない」と僕は認めた。「少くとも君ほどはあの猫のことは好きじゃなかったかもしれない。でも僕はあの猫をいじめたこともないし、毎日ちゃんと飯をやってた。僕が飯をやってたんだよ。とくに好きじゃないからって、僕が猫を殺したことにはならない。そんなことを言いだしたら、世界の大部分の人間は僕が殺したことになる」

「あなたってそういう人なのよ」と妻は言った。「いつもいつもそうよ。自分では手を下さずにいろんなものを殺していくのよ」

僕は何かを言おうとしたが彼女が泣いているのを知ってやめた。そして風呂場の脱衣籠にバスタオルを放りこみ、台所に行って冷蔵庫からビールを出して飲んだ。出鱈目な一日だった。

出鱈目な年の、出鱈目な月の、出鱈目な一日だった。

ワタナベ・ノボル、お前はどこにいるのだ? と僕は思った。ねじまき鳥はお前のねじを巻かなかったのか?

　まるで詩の文句だな。

ワタナベ・ノボル
お前はどこにいるのだ?
ねじまき鳥はお前のねじを
巻かなかったのか?

ビールを半分ばかり飲んだところで電話のベルが鳴りはじめた。

「出てくれよ」と僕は居間の暗闇に向ってどなった。

「嫌よ。あなたが出てよ」と妻が言った。

「出たくない」と僕は言った。

答えるもののないままに電話のベルは鳴りつづけた。ベルは暗闇の中に浮かんだちりを鈍くかきまわしていた。僕も妻もそのあいだ一言も口をきかなかった。僕はビールを飲み、妻は声を立てずに泣きつづけていた。僕は二十回までベルの音を数えていたが、それからあとはあきらめて鳴るにまかせた。いつまでもそんなものを数えつづけるわけにはいかないのだ。

初出誌
「パン屋再襲撃」　マリ・クレール　一九八五年八月号
「象の消滅」　文學界　一九八五年八月号
「ファミリー・アフェア」　LEE　一九八五年十一・十二月号
「双子と沈んだ大陸」　別冊小説現代　一九八五年冬号
「ローマ帝国の崩壊・一八八一年のインディアン蜂起・ヒットラーのポーランド侵入・そして強風世界」　月刊カドカワ　一九八六年一月号
「ねじまき鳥と火曜日の女たち」　新潮　一九八六年一月号

単行本　一九八六年四月　文藝春秋刊

本書は一九八九年に小社より刊行された文庫の新装版です。

DTP制作　ジェイ エスキューブ

文春文庫

パン屋《や》再襲撃《さいしゆうげき》

定価はカバーに
表示してあります

2011年3月10日　新装版第1刷
2016年7月5日　第9刷

著　者　村《むら》上《かみ》春《はる》樹《き》
発行者　飯窪成幸
発行所　株式会社 文藝春秋

東京都千代田区紀尾井町 3-23　〒102-8008
TEL　03・3265・1211
文藝春秋ホームページ　http://www.bunshun.co.jp

落丁、乱丁本は、お手数ですが小社製作部宛お送り下さい。送料小社負担でお取替致します。

印刷・凸版印刷　製本・加藤製本

Printed in Japan
ISBN978-4-16-750211-9

（　）内は解説者。品切の節はご容赦下さい。

村上春樹
走ることについて語るときに僕の語ること
八二年に専業作家になったとき、心を決めて路上を走り始めた。走ることは彼の生き方・小説をどのように変えてきたか？　村上春樹が自身について真正面から綴った必読のメモワール。
む-5-10

村上春樹
パン屋再襲撃
彼女は断言した、「もう一度パン屋を襲うのよ」。学生時代にパン屋を襲撃したあの夜以来、かけられた呪いをとくために。〝ねじまき鳥〟の原型となった作品を含む、初期の傑作短篇集。
む-5-11

村上春樹
夢を見るために毎朝僕は目覚めるのです
村上春樹インタビュー集1997-2011
1997年から2011年までに受けた内外の長短インタビュー19本。作家になったきっかけや作品誕生の秘密について。寡黙な作家というイメージを破り、徹底的に誠実に語りつくす。
む-5-12

グレイス・ペイリー
村上春樹　訳
人生のちょっとした煩《わずら》い
アメリカ文学のカリスマにして、伝説の女性作家と村上春樹のコラボレーション第二弾。タフでシャープで、しかも温かく、滋味豊かな十篇。巻末にエッセイと、村上による詳細な解題付き。
む-5-35

ティム・オブライエン
村上春樹　訳
世界のすべての七月
村上春樹が訳す「我らの時代」。三十年ぶりの同窓会に集う'69年卒業の男女。ラブ&ピースは遠い日のこと、挫折と幻滅を経、なおハッピーエンドを求め苦闘する同時代人を描く傑作長篇。
む-5-36

トルーマン・カポーティ
村上春樹　訳
誕生日の子どもたち
悪意の存在を知らず、傷つけ傷つくことから遠く隔たっていた世界。イノセント・ストーリーズ——カポーティの零した宝石のような逸品六篇を村上春樹が選り、心をこめて訳出しました。
む-5-37

柴田元幸・沼野充義・藤井省三・四方田犬彦　編
国際交流基金　企画
世界は村上春樹をどう読むか
村上春樹作品は、世界でどう読まれているのか？　17カ国の翻訳家、作家、批評家、出版者が、各国での「ハルキ事情」を多面的に語り合ったシンポジウム「春樹をめぐる冒険」の全記録。
編-7-1